Nos fantastiques années fric

Du même auteur

Sombre Sentier, Seuil Policiers, prix Sang d'encre, Vienne, 1995, et prix du festival de Saint-Nazaire, 1996
À nos chevaux !, Rivages/Thriller
Kop, Rivages/Thriller

Dominique Manotti

Nos fantastiques années fric

Collection dirigée par
François Guérif

Rivages / Thriller

106, boulevard Saint-Germain – 75006 Paris

ISBN : 2-7436-0831-5
ISSN : 0990-3151

L'argent qui corrompt, l'argent qui achète, l'argent qui écrase, l'argent qui tue, l'argent qui ruine, l'argent qui pourrit jusqu'à la conscience des hommes.

François Mitterrand.

Le ragoût de mouton mijote, à petits bouillons, dans une cocotte en fonte et dégage une odeur de tomate et d'épices. La cuisine est propre, éclairée par une suspension qui donne une belle lumière jaune, avec un évier, des meubles et un grand frigo blancs, et une table en bois au milieu de la pièce. La fenêtre est fermée sur la nuit, et la chaleur étouffante.

Le père, trapu, le visage creusé, les cheveux gris, tape du poing sur la table :

– Pas de théâtre... Pas ma fille...

– Je fais ce que je veux.

Il lui décoche un coup de poing sur la tempe et hurle :

– Je t'interdis...

La tête part en arrière, craquement, un voile rouge devant les yeux, la fille trébuche, se raccroche à la table. Sa mère pleure, gémit, supplie, cherche à s'interposer. Les deux frères la repoussent dans un coin. Les petits sont réfugiés dans une autre pièce, la télé poussée à fond, pour que les voisins n'entendent pas.

La fille s'appuie des deux mains sur la table, le buste penché en avant :

– Personne ne m'interdira plus rien, plus jamais. Dans deux mois, je suis majeure... (tendue, prête à cracher) majeure, tu entends...

– Majeure...

Il s'étrangle de rage, attrape une chaise, la brandit, contourne la table, marche vers elle. Elle sent le feu dans son dos, se retourne, saisit la cocotte à deux mains, et la lui jette à la tête. La sauce gicle de tous les côtés, les murs, le sol, les meubles se tachent de traînées de graisse rouge orangé, elle ne sent même pas les brûlures sur ses mains, ses bras, ses jambes, elle n'entend pas sa mère qui hurle. Lui, le père, porte les mains à sa tête, vacille, glisse, s'effondre sur le sol, au milieu des morceaux de mouton.

Le grand frère se précipite, la gifle, lui tord les bras dans le dos, la soulève, l'emporte jusqu'à une chambre, et l'enferme à clé. Les hommes parlent fort dans la cuisine, avec des éclats de voix. Le père ne veut pas qu'on appelle un médecin. L'eau coule. La mère pleure bruyamment.

Ils vont m'enfermer. Ils vont me tuer. Le sang bat dans ses tempes. Elle s'approche de la fenêtre, l'ouvre. L'air est froid, la cité faiblement éclairée, silencieuse, trois étages plus bas. Ne réfléchis pas. Sauve-toi. Vite, avant qu'ils reviennent. Dans la chambre, deux lits. Elle prend un matelas, se penche par-dessus l'appui de la fenêtre, s'applique, vise, le lâche. Vite, le deuxième, refaire exactement les mêmes gestes, avec précision. Il tombe sur le premier. Des cris de femme dans la cuisine. Vite. Ne réfléchis pas, s'il te plaît, ne réfléchis pas. Saute.

Elle enjambe l'appui de la fenêtre. Reste bien groupée, comme à la gym. Et regarde le matelas, regarde-le de toutes tes forces. Respire un grand coup, et saute.

Réception violente, un craquement dans la cheville droite. Se redresse. Ça tient. Course lente, claudicante, dans la nuit. Zigzaguer entre les blocs, éviter les zones éclairées, l'oreille tendue. Combien de temps ? S'arrête, le cœur au bord des lèvres. Elle ne sait pas où elle est. S'assied sur les marches d'un escalier, dissimulée derrière une poubelle, la tête sur les genoux serrés entre ses bras. Reprend lentement son souffle.

Le cœur cogne encore un peu. Froid, très froid. L'œil gauche fermé, une douleur violente dans la cheville droite et les brulûres, torturantes, sur les bras et les jambes. Pas de papiers, pas de vêtements, pas d'argent. Une certitude : je ne rentrerai plus jamais. Une certitude : ils ne me chercheront pas. Pour eux, je suis morte. Morte.

Juin 1985

Dehors, temps ensoleillé, on est presque en été, mais les bureaux des Renseignements généraux de la Préfecture de Police de Paris restent tristes et sombres, peinture beige, linoléum gris au sol, meubles métalliques, et petites fenêtres orientées plein nord sur une cour intérieure. Dans le bureau de Macquart, trois fauteuils velours confortables, lampes halogènes allumées en permanence, un journal est étalé sur une table, ouvert en page deux, rubrique « Libres opinions ». Trois hommes, la cinquantaine, en costume sombre, les patrons des RGPP, sont penchés dessus.

– C'est signé Guillaume Labbé. Qui est ce Guillaume Labbé ?

Macquart se redresse.

– À mon avis, c'est le pseudo de Bornand.

– Le conseiller personnel du Président ?

– Quelle est ta source ?

– Simple déduction. Guillaume est le prénom de l'abbé Dubois... (Un temps de silence.) Le conseiller du Régent... (Silence.) Quoi qu'il en soit, Bornand s'est toujours senti très proche du portrait qu'en laissent les mémorialistes du XVIIIe siècle : intelligent, dépravé, homme d'influence et de réseaux... Donc le pseudo de Guillaume Labbé me semble transparent. Je crois même me souvenir qu'il l'a déjà utilisé une fois. Je dois avoir ça dans mes fiches.

– Si tu le dis...

Ils commencent à lire, épaule contre épaule.

Dans une certaine presse parisienne, un scandale d'État chasse l'autre, il faut bien faire tourner le fonds de commerce.

– Si c'est lui, il est gonflé. Il dicte la moitié des éditos du *Bavard Impénitent*, dont c'est la spécialité...

Après avoir longuement expliqué comment les services secrets français, sur ordre du ministre de la Défense, avaient coulé dans un port néo-zélandais le Rainbow Warrior, *le bateau de Greenpeace engagé dans la campagne contre les essais nucléaires français dans le Pacifique, en tuant au passage un journaliste portugais, voilà maintenant que certains journalistes « d'investigation » font grand bruit autour de l'affaire dite « des Irlandais de Vincennes », en accusant les hommes de la cellule de l'Élysée...*

– C'est Bornand, c'est sûr. C'est lui qui l'a créée, cette cellule, qui a choisi les hommes qui la composent, qui l'a mise sous l'autorité directe du Président, sans avoir de comptes à rendre à personne. Alors, évidemment, il a intérêt à ce qu'elle réussisse. Sinon, il saute avec.

– C'est bien Bornand. Il est amoureux des beaux gendarmes qui grimpent aux murs et qui tirent plus vite que leur ombre.

– Il faut reconnaître qu'ils sont plus bandants que nous.

– Un peu de sérieux, messieurs.

... d'avoir eux-mêmes déposé des armes chez les terroristes irlandais qu'ils venaient arrêter en août 1982, au lendemain de l'attentat meurtrier de la rue des Rosiers.

La première affaire a amené les observateurs impartiaux à se poser quelques questions sur le fonctionnement des services secrets français : incompétence sidérale ou machinations complexes antigouvernementales et antisocialistes? Et d'où venaient les fuites qui ont permis à quelques journalistes français d'en savoir plus et plus vite que les enquêteurs néo-zélandais?...

– Feu sur la DGSE...

... La deuxième affaire est encore plus ambiguë. Les journalistes « d'investigation » qui sont aujourd'hui à l'œuvre puisent tous leurs informations à la même source : un individu psychologiquement fragile, à la personnalité floue, dont le témoignage tourne depuis plus d'un an dans les rédactions parisiennes, sans qu'on lui ait accordé quelque crédit jusqu'à maintenant, et qui émarge, de notoriété publique, et de son propre aveu, à l'un de nos grands services de police, dans le domaine où celle-ci, justement, rencontre les services secrets.

– Tiens, tiens... »

– Tir groupé sur la DST... Pour l'instant, les RG semblent miraculeusement épargnés.

– Il est en petite forme aujourd'hui.

Ces journalistes « d'investigation » se sont-ils interrogés sur la fiabilité du personnage ? Ont-ils cherché à recouper les informations qu'il leur fournissait par d'autres sources ? Pas du tout.

L'objectif est clair : il faut discréditer la cellule de l'Élysée, l'équipe de gendarmes et de policiers regroupée autour de la personne du président de la République pour assurer sa sécurité et coordonner la lutte antiterroriste en France. Une équipe d'une étonnante efficacité, qui a fait progresser toutes les affaires auxquelles elle s'est intéressée et qui a porté, il ne faut pas avoir peur de le dire, à partir de l'arrestation des Irlandais en août 82, un coup décisif à l'expansion du terrorisme en France.

Les trois hommes se redressent avec un bel ensemble.

– Je parie qu'il y croit.

– Dramatique.

Cette cellule continue aujourd'hui à centraliser et stocker toute l'information sur le terrorisme, cherche à coordonner dans ce domaine les divers services de police et de gendarmerie concernés, et ils sont nombreux, et s'inscrit dans les rouages décisifs de la coopération antiterroriste internationale. Bref, son rôle est éminemment positif et ouvre la voie à la mise en place, aux côtés du Président, d'un Conseil national de sécurité, à l'image du NSC américain, qui lui fournirait analyses et synthèses dans le domaine de la sécurité nationale.

– C'est Bornand, aucun doute. Collé aux Américains depuis la puberté.

– Nous l'avons sous-estimé. Cet homme est un poète.

Alors, qui a intérêt à discréditer ce rouage essentiel en devenir? Eh bien, justement, les services traditionnels de la police nationale qui se sentent menacés, ceux dont l'incompétence, l'inefficacité, les querelles de chapelle, la concurrence meurtrière s'affichent jour après jour, dont les cadres craignent de perdre leur pouvoir et leurs avantages. Et qui, faut-il le rappeler, n'ont jamais porté le président Mitterrand dans leur cœur.

Guillaume Labbé.

– Qu'est-ce que vous en pensez? demande Macquart.

– Quelle mouche l'a piqué? Si c'est lui. On est à moins d'un an d'élections dont tous les sondages, y compris les nôtres, donnent les socialistes perdants. Ce n'est peut être pas le moment de déclencher la guerre entre la police privée de la Présidence et les services officiels de police.

– Elle a déjà été déclenchée de fait, la guerre. Contre la cellule de l'Élysée. La campagne de presse sur les Irlandais de Vincennes ne tombe pas du ciel. Je crois simplement que Bornand se trompe de cible, c'est sa vieille haine de la police officielle qui refait surface.

– C'est de la mousse, ou c'est dangereux?

– Bornand, si c'est bien lui, est un ami personnel du Président, influent c'est sûr, mais un franc-tireur, de plus en plus isolé.

– Alors, beaucoup de bruit pour rien...

– On n'est jamais trop prudent. Je vais reprendre son dossier.

*

Noria enregistre depuis le début de la matinée les déclarations de perte ou de vol de voiture, de cyclo, de sac à main, de chien, de matériel de bricolage, de vins amoureusement stockés dans une cave (avec la liste des châteaux, attention à l'orthographe, le plaignant est un connaisseur). Enquêtrice de police au commissariat du XIXe arrondissement de Paris depuis deux mois, après plus d'un an de galères, misère, foyers, petits boulots au noir. Loin du réseau dense des haines et des violences familiales. Loin, aussi, des copines de collège, des profs parfois attentifs, des livres dévorés en cachette, et du théâtre au foyer du lycée. Monter sur une scène, exister par soi-même et être quelqu'un d'autre qui vous protège, une découverte émerveillée. Très loin, tout ça, un monde inaccessible... Et une obsession : trouver le moyen de gagner sa vie. Vite.

À dix-huit ans sonnés, démarches pour obtenir la reconstitution de ses papiers, avec l'aide d'associations de femmes, d'interminables attentes dans différentes mairies, où elle lit un jour par hasard cette annonce : « Concours de recrutement. Enquêteurs de police. Niveau bac. »

Niveau bac. À seize ans, il a fallu quitter le lycée, pour aider la mère, et puis les études, c'est pas pour les filles. Pas pour les garçons non plus, d'ailleurs. Ses deux grands frères ont mieux à faire, dans la cité. Niveau bac. Je n'ai pas plus, mais je l'ai. Enquêteur de police... Un travail, stable. Plus que ça, une carte, une place dans la vie, un rôle à jouer, du côté de la loi, du côté de la force.

Et aujourd'hui, comme chaque jour, formulaires en trois exemplaires, dont un pour les assurances, la routine. La routine, ce matin, c'est la disparition de cent soixante-quatorze canards laqués clandestinement dans les cuisines des appartements du bas Belleville, et destinés aux restaurants chinois qui y fleurissent. Règlement de comptes, chantage, racket, razzia d'affamés? Personne, au commissariat, ne se sent comme un poisson dans l'eau dans le Chinatown local. Diversion : le commissaire appelle Noria dans son bureau.

– Prenez ce dossier, mon petit (couverture cartonnée beige, photocopies à l'intérieur). Une quinzaine de plaintes, en moins d'un mois sur le même sujet, et au même endroit. Ce n'est pas une affaire considérable, mais elle occasionne pas mal de désagréments. J'ai reçu un coup de fil de l'adjoint au maire, les élections approchent. Allez interroger les plaignantes. Rassurez ces braves femmes, montrez-leur que la police est active, et proche des citoyens. Je compte sur vous, faites-moi un rapport ce soir.

– Bien, commissaire.

Mon petit. Dire mon nom, Noria Ghozali, ça lui arracherait la gueule ? Du mal à respirer. Elle pressent le pire, prend le dossier et s'installe à un bureau libre pour le lire.

Quatre femmes entre soixante-sept et quatre-vingt-cinq ans, résidant toutes dans un des « villages » du XIXe, réputés tranquilles, en haut d'une butte. Les mémés déclarent qu'elles n'osent plus sortir de chez elles, terrorisées, car, depuis environ un mois, des pétards dissimulés dans des déjections canines explosent sur leur passage, et les aspergent de merde de chien.

Noria respire un grand coup. La plus jeune, la seule femme, la seule flic d'origine maghrébine, simple enquêtrice, statut subalterne et précaire, normal que je m'envoie les merdes de chien. Peut-être que quand je serai « grande », j'aurai droit aux chiens écrasés, va savoir, ce sera une sacrée promotion.

Liste des quatre « victimes » et leurs adresses, toutes sur la butte. Elle monte. Ruelles très calmes, peu de voitures, quelques passants qui prennent leur temps, se saluent, bavardent un instant, des pavillons de brique serrés les uns contre les autres, avec, en prime, une vue panoramique sur Montmartre qui, par ce beau temps, prend des airs de mosquée, avec son clocher-minaret et sa couleur blanche méditerranéenne.

Première de la liste, Mme Aurillac, soixante-quinze ans, qui tient un petit restaurant plat du jour depuis plus de quarante ans, cinq plaintes à elle toute seule. Une maison basse, salle de restaurant au rez-de-chaussée, et à l'étage, deux grandes fenêtres garnies de rideaux brodés blancs. Noria pousse la porte. À une table, quatre femmes âgées papotent et rient autour d'une bouteille de Suze largement entamée, déjà éméchées à onze heures du matin.

– Mme Aurillac ? demande Noria.

Les regards des quatre femmes se braquent sur elle, et la jaugent. Taille moyenne, silhouette informe dans un pantalon et une veste de toile marron, un visage rond, un peu lunaire, teint mat, de grands yeux noirs opaques sous des sourcils très dessinés, et des cheveux noirs tirés dans un chignon serré.

– Trop stricte et mal coiffée, dit la première.

Une blonde exagérée, très maquillée, ajoute :

– Tu es débutante ?

– On pourrait peut-être accentuer l'aspect exotique, dit la troisième.

Noria sort sa carte :

– Police.

Consternation chez les vieilles. Une femme se lève, tablier noir autour de la taille, cheveux teints, permanente frisottée, en pantoufles :

– Je suis Mme Aurillac. C'est une erreur. Nous avions rendez-vous avec une candidate...

– À un poste de femme de ménage, ajoute la blonde.

Justement, la candidate arrive, coiffée, maquillée, talons aiguilles, jupe courte noire et justaucorps en coton rose, nombril à l'air et seins débordants, plus vraie que nature. Mme Aurillac se précipite vers elle, l'entraîne dans la rue, lui dit quelques mots, puis rentre seule dans le restaurant.

– La maison est sérieuse, vous savez. Demandez à l'inspecteur Santoni, il vient souvent dîner ici...

Santoni, macho, gros ventre et apparemment bien implanté dans le quartier, il ne manquait plus que lui.

– ... Vous voulez boire quelque chose, une petite Suze peut-être ?

– Non merci, madame. Je suis venue pour parler de vos plaintes, au sujet des pétards...

– Nous aussi nous avons porté plainte, disent les autres en chœur.

– Il n'y a pas que les pétards. Des petits voyous, sans éducation. Ils viennent des HLM d'en bas faire des ravages ici sur la butte.

– Ils jouent au foot dans la rue, tard le soir, en mettant leurs radios à fond, des musiques de sauvages.

– Vous pourriez les reconnaître ?

– Ils sont tous pareils, tous des Arabes... (Madame Aurillac se tait d'un coup, dévisage Noria, perplexe.) Ce n'est pas ce que j'ai voulu dire...

– Je n'ai pas bien entendu ce que vous vouliez dire.

– Vous pensez que vous pouvez arrêter ces agissements ?

– Je vous tiendrai au courant.

Elle se lève.

– Vraiment pas une petite goutte ?

Dehors, elle respire à fond. Ça détend. Un rapport ce soir... Sur quoi ? Le gang des grand-mères maquerelles ? Les loisirs de Santoni ? Finalement, j'aurais préféré les canards laqués.

Aller voir du côté des HLM, en bas. Juste en face, une boutique de jeux, jouets, papeterie, librairie, tenue par un couple de petits vieux rabougris et souriants, en blouse blanche.

– Police, dit Noria. (Ils se regardent, elle se glisse derrière, lui.) Enquête de routine. Vous vendez des pétards ?

– Évidemment. Surtout en ce moment, avant le 14 Juillet. Comme tous les magasins de jouets. N'est-ce pas, maman ? dit-il en se tournant vers sa femme.

Elle acquiesce.

Des pétards à mèche lente ?

– Aussi, oui.

Il hésite. Au courant des merdes de chien, évidemment. De là à appeler la police...

– Et vos clients sont...

– Les voilà, dit la petite vieille, comme tous les jours de beau temps à midi.

Deux gamins, dix-douze ans, en survêtement, petis machos arrogants. Noria les prend par la main, et les emmène s'asseoir sur un banc, en face du magasin.

– Noria Ghozali, enquêtrice de police.

– Nasser, dit le plus grand des deux.

Et les confidences s'arrêtent là.

– Les pétards dans les merdes de chien, sur la butte, c'est vous.

– Qui ça dérange ? On n'est pas les premiers, et on n'est pas les seuls...

– Mais vous êtes les derniers. Vous arrêtez, vous le dites à vos copains, et on n'en parle plus. Vous trouverez bien autre chose, je vous fais confiance. Il faut savoir s'adapter.

Retour au commissariat. Noria traverse la salle de garde, en saluant les agents en uniforme, s'engage dans l'escalier qui monte vers les bureaux du premier étage, et s'arrête. Punaisées sur le mur, trois petites affichettes photocopiées « Pas de bougnoules dans la police française », et une cible de tir sur une silhouette qui ressemble à la sienne. Paralysée sur sa marche. Seule. Résiste. Ce n'est pas toi. Se dirige lentement vers les toilettes, toute raide. S'enferme. Se lave minutieusement les mains, puis la figure, en se dévisageant dans le miroir, rajuste son chignon. Puis elle retourne à son bureau, rédige son rapport. Auteurs des agressions identifiés. Problème réglé.

Le soir, elle redescend l'escalier, l'estomac noué. Il n'y a plus d'affichettes. Elle traverse la salle de garde au milieu des agents en uniforme, dans le silence.

Jeudi 28 novembre

Dans un ciel bleu dur, un avion fait sa trace, très haut au-dessus de montagnes désertiques couvertes de neige, d'un lac vert opaque. Un cliché publicitaire pour compagnie aérienne ringarde. Et puis l'avion s'embrase, explose, se désintègre en une dizaine de grosses boules de feu projetées en étoiles avant de retomber lentement en vrille vers le sol, au milieu d'une pluie de débris en flammes. La déflagration roule dans les montagnes en interminables échos.

Un salon confortable, dans les tons beige et marron : deux canapés en cuir, quelques gros fauteuils, table basse verre et acier, épaisse moquette de laine blanche, deux grandes fenêtres masquées par de lourds rideaux de velours. Au mur, une sanguine de Boucher, éclairée par un spot, gentiment polissonne, où une jeune femme ronde et dénudée se fait bousculer avec beaucoup de grâce par un jeune homme à peine débraillé. Des hommes entre quarante et soixante ans, en costume sombre et cravate très conventionnels, discutent, boivent du champagne, du whisky, des cocktails, servis par des femmes entre vingt et trente ans, qui vont de l'un à l'autre, toutes superbes, robes moulantes, à peine, bien coupées, couleurs sobres, décolletés discrets, bijoux peu voyants, souriantes, attentives.

On vient de boucler une affaire de vente d'armes à l'Iran, un millier de missiles, en contrebande, puisque le pays est sous embargo. Alors, évidemment, la tension a été forte. D'autant qu'au dernier moment, il a fallu différer l'expédition de quelques jours. L'aéroport de Malte, par où la cargaison devait transiter, était le siège d'une véritable bataille rangée entre les forces spéciales égyptiennes et des preneurs d'otages palestiniens. Enfin, quelques dizaines de morts plus tard, l'aéroport a été dégagé, rouvert à la circulation hier, et ce matin, le Boeing 747 cargo chargé des missiles s'est envolé de Bruxelles-Zavantem en direction de Téhéran, via Malte-La Valette. À l'heure qu'il est, il doit avoir atterri à Téhéran. Et maintenant, les affaires bouclées, c'est l'heure de faire la fête.

Bornand joue les maîtres de maison. Grand, très mince, la soixantaine séduisante, une chevelure abondante, légèrement bouclée, plus poivre que sel, un visage tout en longueur, dont les traits sont accentués par un réseau de rides verticales, barré d'une moustache fournie, soigneusement taillée, et complètement blanche. Il est habillé d'un costume gris clair, coupé très près du corps, qui accentue encore sa minceur, et va de groupe en groupe dire un mot, toucher une épaule, remplir un verre.

Flandin, le patron de la SEA, Société d'électronique appliquée, qui a vendu les missiles aux Iraniens, la main gauche sur les fesses d'une fille, la coupe de champagne dans la main droite, est en discussion avec un banquier libanais, grand, gras, qui lui raconte avec brio une course de chameaux dans le désert, organisée par un prince saoudien. Flandin rit, et quand Bornand s'approche, il lève son verre :

– À notre hôte, messieurs, qui a tout fait pour la réussite de notre affaire.

Bornand répond à son toast. Flandin. J'ai choisi l'homme adéquat. Un très bon technicien dans le domaine électronique, mais un chef d'entreprise un peu limité, toujours à court de capitaux, et dépendant de son carnet de commandes. Juste l'homme qu'il fallait pour être le fournisseur, tout en restant sous contrôle. Et maintenant, il est là, ravi de fréquenter des plus puissants et des plus riches, avec en prime l'excitation de participer sans risque à une opération illégale.

– Et à toutes les affaires qui vont suivre, enchaîne le banquier libanais.

– N'en doutons pas, lui répond Bornand, en souriant.

Karim, un ami de plus de dix ans, avec lequel il s'est associé pour fonder la BIL, la Banque internationale du Liban, intermédiaire incontournable dans tous les marchés d'armement du Moyen-Orient, et ils sont nombreux.

Le banquier se penche vers la fille que pelote Flandin, fait jaillir un sein hors de la robe, verse lentement du champagne sur la peau ronde et frissonnante, jusqu'à ce qu'un filet parvienne à la pointe du sein, où l'homme vient le boire avec application.

Bornand se sert une coupe de champagne. Rééquilibrer la politique française au Moyen-Orient, renouer les relations avec l'Iran. C'est ici qu'elle se fait, la realpolitik, dans le salon d'une maison de passe, et j'en suis l'incontournable metteur en scène.

Un officier iranien, enfoncé dans un fauteuil, les yeux mi-clos, l'air béat, est en train de fumer une cigarette que Katryn vient de lui préparer, et dans laquelle elle a roulé une pincée d'héroïne. Katryn, une vraie bonne. Elle s'est assise sur l'accoudoir du fauteuil. Cheveux noirs en casque, teint très pâle, lèvres rouges, elle est penchée vers lui ; il suit des yeux, fasciné, une perle irisée, retenue à son cou par un fil invisible, qui oscille dans le creux de sa gorge à chacun de ses mouvements, palpite quand elle parle, contrepoint nacré à la blancheur de son visage. Elle écoute, attentive et complice, l'officier, en pleine nostalgie, raconter les splendeurs passées de la cour du Shah, les chasses à la bécassine dans les rizières en terrasse aux flancs de l'Elbrouz, et la descente à travers les orangeraies jusqu'aux rives de la mer Caspienne. (Flash : Bornand revoit le vol vif et haché des bécassines, sur fond bleu intense.) Elle le relance quand il faiblit, comme si elle avait participé à ces chasses depuis l'enfance : beaucoup de métier, et travail à l'économie.

Bornand se penche vers elle, prend sa main, l'effleure de ses lèvres, frisson de la moustache, et s'éloigne.

Une sonnerie discrète, l'interphone. Bornand passe derrière le bar, dans le coin du salon, et décroche.

– François, un coup de fil pour toi, j'ai pris la responsabilité de te déranger, ça semble très urgent.

– J'arrive.

Dans le hall, Mado, la maîtresse des lieux, l'attend et lui indique la cabine. Il décroche.

– François ? Pontault à l'appareil. J'espère que tu profites bien de ta petite fête...

– Ce n'est pas pour cela que tu me déranges ?

– ... Parce que ça risque de ne pas durer. La Turquie vient d'annoncer qu'un avion-cargo Boeing 747 a disparu au-dessus de son territoire...

Bornand serre convulsivement la coupe qu'il tient dans sa main gauche, elle se brise, et lui entaille profondément le gras du pouce jusqu'à l'os. Des éclats de verre, du sang sur la main, la chemise, le pantalon, la moquette, les parois de la cabine.

– ... Au-dessus du lac de Van plus précisément, en provenance de Malte...

Fébrile, Bornand cherche à arrêter l'hémorragie avec les pans de sa chemise.

– On ne sait pas encore ce qui lui est arrivé, mais pas de doute, c'est le nôtre. François, tu es là ? Qu'est-ce qu'on fait ?

L'hémorragie est à peu près maîtrisée.

– Comme tous les vrais joueurs, on double la mise. Je t'appelle demain matin.

Vendredi 29 novembre

Sonnerie du téléphone, tôt ce matin-là. Bornand émerge très lentement d'un sommeil lourdement chimique. Tâtonne.

Élancement douloureux dans la main gauche, retour brutal à la soirée chez Mado, l'avion disparu, le sang qui gicle. Décroche le téléphone à l'aveuglette.

– Bonjour, François. André Bestégui à l'appareil. Je te réveille ?

Long soupir :

– Bien vu. Qu'est-ce que tu me veux à cette heure-ci ?

– Te voir. Assez vite, et discuter.

– De quoi ? Donne-moi au moins une idée.

– De l'avion qui a disparu hier au-dessus de la Turquie.

– Tout à l'heure, à déjeuner, 13 heures, au Carré des Feuillants ?

– Parfait.

Repose l'appareil. Bestégui. Première rencontre en 1960, en pleine guerre d'Algérie, dans les locaux de sa société d'import-export, avenue de la Grande-Armée. Un jeune étudiant un peu emprunté au milieu de la moquette bleu électrique, du tableau de Nicolas de Staël sur le mur blanc, des meubles en acier, et de l'hôtesse d'accueil spectaculaire qui n'hésitait pas à faire des heures supplémentaires avec les gros clients. Facile à éblouir, facile à séduire. Bornand ne s'était privé ni de l'un ni de l'autre, à tout hasard, et il avait eu raison. Aujourd'hui, Bestégui est un éminent représentant de cette presse d'investigation à la française que Bornand exècre, mais dans laquelle il est prudent d'avoir des amitiés, en ces temps où fleurissent les affaires. Bestégui, à soigner.

Il est réveillé, maintenant, et contemple la couverture orange, rouge et marron qui recouvre le lit. On y voit un peu plus clair. Pas un accident, un attentat. Des rapides. L'avion disparaît hier, la presse est informée le même jour. En un sens, tant mieux. Il va falloir être plus performant. Objectif : savoir qui, précisément, a fait le coup.

La journée risque d'être surchargée. Debout. Dans la salle de bains carrelée de grenat et blanc, douche glacée, celle des grands jours, et toilette minutieuse : gestes rapides, efficaces.

Il n'éprouve aucune sympathie particulière pour ce corps long, trop mince, aux épaules rondes saillantes, dont la peau se fripe par endroits. Ni pour son visage osseux et marqué, ses yeux bleus trop pâles. Mais il soigne son apparence de façon maniaque, en professionnel de la séduction. Rasage, taille minutieuse de la moustache, lotion, mise en plis et gel pour les cheveux, parfum, avant de s'habiller. C'est la saison des costumes cachemire et soie, dans toutes les nuances de gris, coupés très près du corps. Et, aujourd'hui, une cravate Hermès rouge et gris.

Première étape, incontournable, la promenade matinale avec le Président.

Temps gris, pluie froide, grosses gouttes lourdes, par moments, on dirait de la neige fondue, ils marchent côte à côte dans les rues, deux silhouettes en manteau de laine, écharpe et chapeau feutre, direction l'Élysée. Bornand, dans sa longue redingote ajustée, coiffé d'un borsalino gris perle, a des allures d'élégant des années vingt. Il marche légèrement penché vers le Président, plus trapu. Ils parlent de choses et d'autres, paresseusement. Deux vieux amis.

Ils s'étaient d'abord croisés, à quelques reprises, l'un avocat, l'autre son client. Sans plus. Puis 58, l'arrivée de De Gaulle au pouvoir, et Mitterrand apparut, dans la classe politique française, comme l'un des très rares opposants non communistes au Général. Longues conversations entre Bornand et lui. Ils découvrirent qu'ils partageaient les mêmes convictions atlantistes, le même antigaullisme viscéral, le même anticommunisme nuancé d'intelligence. En poursuivant un peu, ils évoquèrent de possibles sympathies communes pendant la guerre, sans chercher plus avant. Bornand conçut une admiration profonde pour la subtilité de Mitterrand, son sens de la manœuvre, et comme il tournait autour des rouages du pouvoir politique sans parvenir à y entrer, ostracisé, en quelque sorte, depuis la fin de la guerre, et condamné aux conspirations pro-américaines subalternes et aux magouilles affairistes juteuses mais peu valorisantes, il vit dans cette amitié naissante l'occasion enfin trouvée de s'installer dans la sphère honorable de la vie politique française. Il lui proposa ses services, et ce fut le début d'une liaison durable pendant laquelle Bornand joua dans l'entourage du Président un rôle occulte, comme il les aime, jusqu'à devenir son conseiller à l'Élysée en 1981, et l'un de ses compagnons des promenades parisiennes.

– Dernières nouvelles en provenance du Gabon... le président Omar Bongo a pris du poids, ces derniers temps...

Une touche d'inquiétude dans la voix grave. Le Président s'amuse déjà, Bornand prend son temps.

– ... Je le tiens d'Akihito, son tailleur habituel. Dix centimètres de tour de taille en deux mois. (Un temps d'arrêt.) Au sommet franco-africain de La Baule, il portera des vestes longues et croisées.

– Dans ce cas, si j'étais lui, je changerais de tailleur.

– Moi aussi. Mais Akihito a d'autres arguments. Pour livrer les costumes, il lui a envoyé cinq blondes ravissantes. Qu'il a eu bien du mal à recruter, d'ailleurs.

– Pas possible...

– Des bruits courent sur l'état de santé de Bongo...

Le Président et Bornand s'arrêtent devant la vitrine d'un couturier de luxe. Deux jeunes vendeuses les guettent de l'intérieur du magasin, et leur sourient. Le Président les salue avant de reprendre sa promenade.

– La petite brune est ravissante.

Bornand en prend bonne note, puis plonge :

– Un avion s'est écrasé hier en Turquie... (Le Président lui jette un regard de côté.) Le bruit court, dans les rédactions de la presse parisienne, qu'il s'agirait d'un avion chargé d'une cargaison d'armes françaises à destination de l'Iran.

– Vous n'allez pas, vous aussi, me parler de ventes d'armes, c'est une manie en ce moment... Avec l'Iran, en plus ! Un pays sous embargo international... Si des imprudents se sont laissé aller à ce genre de commerce, qu'ils en paient le prix. (Quelques pas en silence.) Vous savez bien que je suis hostile, par principe, aux ventes d'armes à des pays belligérants.

– C'est une règle qui tolère quelques dérogations en faveur de l'Irak. *Le Journal de Téhéran* nous accusait, il y a deux jours, d'avoir livré à l'Irak cinq Super-Étendard, vingt-quatre Mirage F1, et les missiles ultra-modernes qui sont en train de détruire les terminaux pétroliers iraniens. Et il n'avait pas tort...

Le Président a accéléré le pas.

– Ne gâchez pas cette merveilleuse promenade sous la pluie. Je ne veux rien entendre sur des ventes d'armes à l'Irak. (Se retourne vers Bornand.) Et vous le savez. Adressez-vous aux ministres concernés.

Ils marchent quelques instants en silence.

– Je ne vous parle pas de ventes d'armes, mais de la place de la France au Moyen-Orient...

– La France n'est pas l'ennemie de l'Iran...

– Ça ne suffira pas.

– ... Mais au Moyen-Orient, il ne faut pas que soit rompu l'équilibre multiséculaire entre Arabes et Persans.

Geste d'agacement :

– Prenons l'affaire par un autre bout. Ne parlons pas armement, parlons élections. Nous avons quatre otages français au Liban, détenus depuis sept et neuf mois. Les ministres concernés, pour reprendre votre expression, jouent la carte de la Syrie, et ne sont pas encore parvenus, après tout ce temps, je ne dis même pas à engager des négociations avec les ravisseurs, mais simplement à savoir qui ils sont, et ce qu'ils veulent. Moi, je vous affirme que la clé des otages est à Téhéran, ce que tout le monde sait, et je suis capable d'obtenir leur libération.

– La libération des otages est un souci constant du gouvernement, il s'y emploie chaque jour, et je l'approuve. (Un temps de silence.) Évidemment, tout ce que vous pourrez faire dans ce sens à Téhéran sera le bienvenu, je vous l'ai déjà dit.

– Mais de façon officieuse. Officiellement, nous n'avons toujours aucun rapport avec l'Iran. Donnez au moins un peu de lisibilité à mes contacts. Sinon, rien ne bougera pour les otages avant les élections législatives, et mars 86, c'est demain.

Après quelques pas en silence, le Président s'engage dans un monologue sur Saint-John Perse. Bornand décroche, et se masse la paume de la main gauche. Élancements. Comment remonter aux commanditaires ?

Le Président s'arrête, le visage cireux, s'appuie un instant sur le bras de Bornand.

– Il est sûr, à tout prendre, qu'il vaudrait mieux que la presse parisienne parle de vos contacts avec l'Iran plutôt que de ce malheureux accident d'avion.

Voilà le feu vert attendu.

Bornand passe par les bureaux de la cellule de l'Élysée. Seules deux jeunes femmes sont au travail. Les écoutes téléphoniques de la veille ont été transcrites, elles vont être triées, classées, avant d'être transmises, comme chaque jour, au secrétariat du Président. Bornand prend le temps de s'asseoir, accepte un café, avec deux sucres, s'enquiert de la santé des enfants, déplore le temps gris, ça sent la neige. Et feuillette rapidement les dossiers. C'est un petit plaisir que Bornand aime s'offrir régulièrement : soulever le toit de la ruche, et regarder les abeilles faire leur miel. Mais aujourd'hui, il sait ce qu'il cherche et n'a pas le temps de flâner : tous les appels qui concernent Bestégui, dans la journée d'hier. Nom de code : le Basque. Une bonne dizaine au siège du journal. Rendez-vous divers. Tiens, avec le secrétaire général de la Mairie de Paris. Voyez-vous ça, on couvre ses arrières en vue des prochaines élections ? Sa fille a une otite. Restoux ne fournira pas son article à temps, il faut le reporter à la semaine suivante. Grosse colère, Bestégui prépare un papier de remplacement sous un nouveau pseudo (Rancourt, le noter, à tout hasard). Et enfin : un certain Chardon annonce qu'il détient un dossier explosif sur un avion bourré de missiles français à destination de l'Iran, qui a disparu en vol hier au-dessus de la Turquie. Le Basque, prudent, lui conseille d'être plus discret au téléphone, et lui donne rendez-vous le soir même, à 19 heures.

Nous y sommes.

Bornand traverse la rue, grimpe dans les étages de l'Élysée. Son bureau est une petite pièce confortable sous les combles, qui ouvre par deux fenêtres sur les toits. Beaucoup de calme et de lumière. Grandes armoires en acajou sur deux murs, fermées à clé, bons fauteuils, quelques gravures anglaises du XIXe siècle représentant des scènes de chasse à courre, moquette et tentures vertes. Et au milieu de la pièce, un bureau ministre anglais, avec un plateau recouvert de cuir fauve. Posés dessus, un bloc de papier, un verre de cristal rempli de stylos et de feutres, et une lampe de style Art déco, en pâte de verre de couleur.

Fernandez l'attend. Un flic que Bornand a croisé il y a une dizaine d'années, sur les champs de courses, où il était en service pour les RG, section Courses et Jeux. Tout jeune, plutôt grand, larges épaules et ventre plat, cheveux noirs et courts, teint basané, habillé de façon un peu voyante, une montre-bracelet en or, tapageuse, au poignet, une chevalière à l'annulaire gauche, pantalons étroits et chemises de couleur. Beau gosse, en un sens, et très branché belles filles faciles : le partage des femmes a vite créé des liens entre hommes. Intelligent : il n'a pas mis longtemps à comprendre la façon dont se tissent les réseaux dans le milieu des courses, et qui sont les vrais puissants. Entreprenant : toujours à l'affût d'une combine, ou d'une relation mondaine monnayable. Et de gauche, c'est-à-dire qu'il a trouvé Bornand sympathique et lui a fait confiance quand il était encore loin du pouvoir. Aussi, quand Bornand est arrivé à l'Élysée, il l'a fait détacher des RG et affecter à sa sécurité personnelle, ce qui a ouvert à Fernandez de nouvelles perspectives de carrière, et l'a confirmé dans ses choix politiques. Un peu trop voyou pour être vraiment intégré dans le noyau familial le plus proche, mais petit cousin éloigné pour lequel Bornand se sent, oui, une certaine affection.

– J'ai du travail pour vous, mon petit.

Bornand ouvre le bloc de papier, choisit un feutre vert, commence à tracer avec application des arabesques compliquées, ses mains longues et maigres sont toujours en mouvement. Un temps de silence, avant qu'il reprenne :

– Un journaliste veut vendre à Bestégui des informations indiscrètes sur nos contacts avec l'Iran, et nos tractations pour obtenir la libération des otages, qui incluent des livraisons d'armes, strictement confidentielles. Nous en avions déjà parlé ? (Fernandez opine.) Vous connaissez un certain Chardon ?

– Pas du tout.

Bornand écrit quelques mots, lentement, l'air ailleurs, puis relève la tête.

– Bestégui avait l'air de le connaître, lui. Si la presse fait un scandale, les Iraniens suspendront tous les contacts. Il faut identifier les gens qui sont derrière ce Chardon, pour les neutraliser. Et pour ça, je compte sur vous. Si ce type est mêlé à ce genre d'affaires, il a sûrement une fiche aux RG. Vous allez la leur demander, pour moi. Ensuite, en fonction de ce qu'ils vous donneront, vous retrouvez ce Chardon, vous essayez de ramasser tout ce qui pourrait nous éclairer sur ce qu'il a dans son dossier, et de qui il le tient. Vous pouvez m'appeler ici, ou au Carré des Feuillants à l'heure du déjeuner. (Il se masse la paume de la main gauche, qui l'élance.) Soyez brillant, Fernandez. Obligation de résultats.

Fernandez parti, Bornand se met au travail.

Dans l'immédiat, retrouver des fournisseurs ayant des stocks de missiles disponibles, de préférence à l'étranger. Je verrais bien Meister à Hambourg. Si le scandale finit par éclater après l'arrivée des nouvelles livraisons à Téhéran, on s'en tirera sans trop de bobos.

Ensuite, colmater ce qui peut l'être. Et pour cela, ne rien attendre des services officiels, s'en remettre d'abord à la famille. Une règle simple d'hygiène de vie. D'abord, Pontault, au cabinet du ministre de la Défense. Gendarme. Ami de quelques hommes de la cellule. Et son père, gendarme lui aussi, a fini sa carrière comme chef de la sécurité dans l'entreprise du beau-père de Bornand, c'est un fidèle. Il se charge de rappeler à qui de droit que les missiles expédiés en Iran avaient été achetés à l'armée française, en bonne et due forme. Les militaires, c'est évident, n'ont aucun intérêt à ce que ces transactions et leurs modalités financières soient débattues sur la place publique. Pas plus que les politiques du ministère, qui touchent leurs commissions au passage. Donc, secret défense à tous les étages. Pontault s'en porte garant. Paré de ce côté-là. Bornand note la date, l'heure, le contenu du coup de fil.

Intermède : rendez-vous avec un agent israélien rencontré à Washington, de passage à Paris après un voyage en Côte-d'Ivoire. Bientôt le sommet franco-africain. Échange d'informations. La Côte-d'Ivoire reconnaît l'État d'Israël, et joue un rôle croissant dans la contrebande d'armes vers l'Afrique du Sud. Un lien entre les deux? En tout cas, d'importantes quantités d'armes circulent en ce moment dans cette zone. Toujours bon à savoir si Hambourg ne répond pas.

Bornand rédige un résumé de l'entretien pour le Président, expurgé de tout ce qui concerne les ventes d'armes, puisqu'il ne veut pas en entendre parler...

Il est temps de rejoindre Bestégui au restaurant. Sur le chemin, un détour par la boutique du couturier devant laquelle le Président s'est arrêté ce matin. Il achète une écharpe en vigogne, et charge la jolie vendeuse brune de la porter à l'Élysée dans l'après-midi. Le Président appréciera.

*

Partir de la fiche des RG.

Chardon, Jean-Claude. Né en 1953, à Vincennes, Val-de-Marne, où son père tenait une boutique de quincaillerie. Bac littéraire en 1973. S'engage alors dans l'infanterie de marine, sert pendant cinq ans au Gabon et en Côte-d'Ivoire. Il en revient en 1978 avec le grade de lieutenant. En 1980, il est jugé et condamné pour proxénétisme aggravé. Il se reconvertit alors dans le journalisme et fait de nombreuses piges à *France-Dimanche* et *Ici Paris* sous différents pseudonymes (les plus fréquents : Franck Alastair, Teddy Boual, Jean Georges) essentiellement axées sur la vie privée des célébrités du show-biz et de la jet set. Nombreuses liaisons connues avec des call-girls et des mannequins, qui lui servent d'informatrices. Depuis l'épisode proxénétisme de 1980, aucune plainte n'a été enregistrée contre lui. Il habite actuellement au 38 rue Philippe-Hecht, Paris XIXe, un pavillon dont il est propriétaire.

Plutôt sommaire comme fiche. Il est bien probable qu'il a dû se faire quelques bénéfices annexes en faisant chanter l'un ou l'autre. Mais que vient-il donc faire dans une histoire de vente d'armes? Enfin, j'ai toujours un point de départ.

Fernandez prend Chardon en charge à 11 heures 47 à la sortie de chez lui. Pantalon de velours marron, grosses chaussures de chantier, parka kaki, visage insignifiant et cheveux châtains, ternes, hirsutes. Fernandez se sent beau. À quelques dizaines de mètres de là, Chardon tourne dans l'avenue Mathurin-Moreau, descend jusqu'à Colonel-Fabien, et entre à la Brasserie des Sports, Fernandez sur ses talons. Un bar très fréquenté, et à côté, une grande salle, une quarantaine de tables, séparées par des rideaux de plantes vertes. Du monde, de l'animation, surtout des habitués, mais à cette heure-ci, encore beaucoup de tables libres. Un garçon reconnaît Chardon, et lui indique d'un signe qu'il est attendu au fond de la salle. Fernandez le suit à distance, puis s'arrête et plonge derrière une rangée de bambous. La fille qui attend, là, il la connaît. Katryn, une call-girl que Bornand emploie régulièrement. Prudence. En jouant avec les plantes vertes, Fernandez parvient à s'asseoir non loin d'eux. Ils commandent deux bœuf-carottes, et un demi de côtes. Fernandez suit. Ils engagent une discussion décontractée, sur l'air du temps. Café, addition. Chacun paie sa part. Puis ils passent à la caisse, un mot à la patronne, et descendent au sous-sol par un escalier juste à côté du bar. Après quelques minutes, Fernandez entreprend de les suivre. Mais la patronne l'arrête : les toilettes et le téléphone sont au fond de la salle à gauche. En bas, il n'y a qu'un billard, et justement, il est occupé. Fernandez peste. C'est en ce moment que les choses importantes doivent se dire. Coup de fil à Bornand.

– Katryn. Bon Dieu. (Hier soir, avec l'Iranien. Familiarité... Ils se connaissaient déjà ? Elle force sur l'héro, lui soutire des informations, elle en est capable. Ça arrive à Chardon... Possible. Mais pour qui travaillent-ils tous les deux ?) C'est une piste, Fernandez, ne la lâchez pas.

Fernandez vient s'accouder au bar et commande un café-cognac.

Au sous-sol, une pièce étroite, aveugle, et au centre un billard à poches. Une suspension en cuivre éclaire violemment le tapis vert, et fait l'obscurité tout autour. Chardon a formé le triangle des boules, enlève le cadre, puis la tête et le torse dans la lumière, il joue le premier. Trop vite, trop fort. Le triangle éclate, chocs secs, en cascade, aucun résultat. Il se redresse, rentre dans l'ombre, et demande :

– Tu as du neuf pour moi ?

Katryn ne semble pas l'entendre. Elle tourne autour du billard, jean noir serré, chandail noir à col roulé, le regard aigu tendu vers le tapis. Puis elle se penche, reflets sur ses cheveux noirs, la queue de billard coulisse en souplesse, juste un impact précis, et la boule numéro quatre tombe dans une poche de coin. Elle rejoue, trop vite, raté. Elle soupire, se relève.

– Une nouvelle est arrivée, il y a trois semaines.

– Tu me l'as déjà dit.

– Tu joues ?

Un coup pratiquement au hasard. Rien.

Katryn entame une véritable danse autour du tapis. Marche lentement, entre à mi-corps dans la lumière, se redresse, repart. Puis se décide. Et aligne trois coups d'affilée, tout en parlant.

– Il y a trois jours, Lentin et ses copains sont venus pour la dresser.

– Lentin, le producteur de cinéma ?

– Exactement. C'est un habitué de ce genre d'opérations, chez Mado.

Elle se penche, silencieuse. Puis reprend :

– Mado pense que pour être une bonne professionnelle, il faut de l'expérience. Ce en quoi elle n'a pas tort. Par souci de rentabilité, elle a tendance à raccourcir le temps d'apprentissage.

Chardon joue à son tour, sans résultat. Katryn, agacée, frappe légèrement de sa canne la suspension, qui tangue entre obscurité et lumière.

– Tu n'es pas assez concentré, il n'y a pas de partie.

– Alors, Lentin ?

– Cette fois-ci, la séance de dressage a dégénéré. Lentin était venu avec deux copains à lui, des débutants dans ce sport. Qu'est-ce qui s'est passé, je n'en sais rien, la fille avait peut-être une vision romantique du métier, ou bien elle a été mal vendue, piégée au départ, toujours est-il qu'elle est ressortie avec le nez et quelques côtes cassées, et le dos lacéré. Mado a eu beaucoup de mal à la calmer, et à la réexpédier à Périgueux, d'où elle venait. (Elle glisse un papier plié en quatre sur le tapis vert.) Le nom et l'adresse. Tu pourrais lui faire raconter ses souvenirs. Je sais, c'est risqué. Mais elle n'a pas quinze ans. Lentin paiera et la bouclera. Et maintenant, si tu jouais vraiment au billard?

*

Bestégui attend Bornand au Carré des Feuillants. Toujours en retard, Bornand. Atmosphère feutrée. Il déguste lentement un whisky pur malt, et se détend. Première rencontre en 1960, en pleine guerre d'Algérie, et lui n'avait pas vingt ans. Un bureau luxueux et dépouillé, il se sentait perdu, sans référence, vulnérable. Bornand avait la réputation d'un chef d'entreprise sulfureux, partisan résolu de la décolonisation dès la guerre d'Indochine et en relations d'affaires permanentes avec le GPRA, on parlait même de ventes d'armes au FLN. Un visage d'aventurier, élégant, courtois, à peine ironique. Oui, il était prêt à soutenir la manifestation de l'Unef en faveur des étudiants algériens.

– Il est grand temps que vous preniez enfin quelques initiatives publiques. Cette guerre plombe notre économie, et dope de Gaulle.

Il avait signé un chèque de soutien, et était venu à la manifestation étudiante d'octobre 1960 avec quelques-uns de ses amis, dont Mitterrand, qui eurent le bon goût de prendre un ou deux coups de matraque, sous le regard des journalistes. Ça ne s'oublie pas quand on a vingt ans.

Il est toujours élégant, riche, sûr de lui. Et si bien informé. Combien d'articles lui doit-il, en fait, parmi ceux qui ont fait sa réputation sur la place de Paris? Beaucoup... Et quelques coups fourrés, aussi. On n'a rien sans rien.

Bornand arrive enfin, sans s'excuser, s'approche de Bestégui, lui serre chaleureusement le bras, comme une esquisse d'accolade, en homme pressé, puis s'assoit. Le maître d'hôtel se précipite. Bornand n'ouvre pas la carte.

– Je prends la même chose que toi. Je te fais confiance.

Bestégui commande un velouté de châtaignes à la poule faisane. Bornand mange sans même s'apercevoir de ce qu'il a dans son assiette. Il a toujours considéré le goût pour la grande cuisine comme une incongruité. Il ne fréquente les bons ou très bons restaurants que parce qu'ils sont, en France, des signes extérieurs de richesse incontournables, et des indicateurs fiables de la considération dans laquelle on tient la personne que l'on invite. Il est tout entier absorbé par ce que lui dit Bestégui.

– On me propose un dossier sur un avion qui s'est écrasé en Turquie hier matin. Il aurait transporté des missiles français à destination de l'Iran. (Bornand ne réagit pas.) Je voudrais savoir où je risque de mettre les pieds, avant de poursuivre.

Apparemment, il joue franc-jeu, ce sera plus facile.

– Je ne peux guère te le dire.

Bestégui continue, sans tenir compte de la réponse :

– À ton avis, une affaire de ce type est-elle possible, ou probable, ou bien est-ce que je risque de me trouver embarqué dans une provocation pure et simple ?

– Possible, sûrement. Et même probable. À peu près tous les marchands d'armes du monde entier sont en train de commercer avec l'Iran. Les embargos n'ont jamais empêché les armes de circuler, ils les rendent simplement plus chères, et les profits sont plus élevés. (Il se penche vers Bestégui, qui déguste des langoustines à l'ail doux.) Ce qui ne signifie pas pour autant qu'il ne s'agisse pas d'une provocation.

– Je t'écoute.

– Permets-moi un petit détour par le Liban où sont détenus les otages français. Hier, j'étais avec un ami libanais qui me racontait le déclenchement de l'actuelle guerre entre les milices, une des plus violentes qu'ait connue Beyrouth, qui en a vu beaucoup. Un milicien d'Amal, musulman, allié des Syriens, roulait à tombeau ouvert, comme d'habitude, et à un carrefour, il a pulvérisé la voiture d'un milicien du PSP, musulman, allié des Syriens et d'Amal. Les fusils sont sortis, et la guerre a commencé entre Amal et le PSP. Les émissaires français censés négocier la libération des otages sont innombrables au Liban. Ils parlent au nom d'un ministre ou d'un autre, du Président, d'un parti politique, et je ne sais quoi encore, et se trimbalent avec des valises de billets. Tu imagines, dans le chaos libanais, auquel, par ailleurs, ils ne comprennent rien. Résultat : aucun. Aucun, André, depuis plus de six mois. Et pour une raison simple : la clé des otages n'est pas au Liban, elle est à Téhéran. Et cet avion peut faire partie d'une négociation plus large.

– Tu peux m'en dire plus sur cette hypothétique négociation ?

– Premier point : l'arrêt de la livraison d'armes à l'Irak, ou des livraisons équilibrées entre les deux camps, dont la cargaison en question pourrait faire partie.

– Si l'avion fait partie de cette négociation, certains ont intérêt à l'empêcher d'arriver à Téhéran.

– Je ne te le fais pas dire.

– Tu peux me donner des précisions ?

– Pas encore. Mais si on cherche du côté de ceux qui veulent nous faire perdre les élections de mars 86, on devrait trouver. Et je trouverai. Rapidement.

Bestégui plonge dans son gâteau au chocolat et à la pistache.

– Tu me donnes la primeur ?

– Tu ne publies rien sur l'avion pour l'instant ? Et tu dissuades la concurrence ?

– Au moins celle qui me cause.

– C'est topé.

Le repas est fini. Bestégui soupire profondément.

– Très bien, je ne vais pas me précipiter.

Complicité, compromission, toujours sur le fil du rasoir.

*

Katryn et Chardon se séparent sur le trottoir devant la Brasserie des Sports. Fernandez suit à distance Katryn qui marche vite, dans un long imperméable mastic, façon cache-poussière. Elle entre dans un immeuble bourgeois, avenue Mathurin-Moreau. Fernandez s'approche. Un digicode. Les doigts ont laissé des traces grises sur quatre chiffres et une lettre. Il essaie au hasard des combinaisons ; à la troisième, la porte s'ouvre. Il entre. Katryn n'est plus dans le hall. L'ascenseur est en train de descendre. Vers les caves ou le parking. S'arrête au deuxième sous-sol. Fernandez suit, à l'instinct. J'improviserai.

La lumière de la minuterie est faible. Un box est ouvert, deux rangées plus loin. Katryn en sort une Austin Mini rouge, arrête la voiture, en descend pour refermer la porte du box. Fernandez s'approche. Elle va peut-être me reconnaître. Il lui pose la main sur le bras. Réaction ultra-violente à ce contact. Elle hurle et lui balance un coup de poing dans la figure de toute sa force. Mal ajusté. Fernandez, surpris, se protège comme il peut.

– Arrête... Je veux te parler... (En lui broyant le bras :) Te parler, tu entends, merde...

Elle n'écoute rien, continue à frapper au hasard en hurlant. Il la pousse dans le box, une main sur la bouche.

– Tais-toi, merde.

Elle le mord au sang, il la lâche, elle se précipite vers la voiture dont la portière est restée ouverte. Une pute... Qu'est-ce qu'elle a à faire des histoires... Il sort son revolver de la main droite, pour la faire tenir tranquille, la rattrape de la main gauche, l'arrache à la voiture à laquelle elle se cramponne, elle se blesse les mains, il la plaque de nouveau contre le mur, lui agite le revolver devant le visage, en hurlant à son tour :

– Du calme !

Au contact du canon sur sa gorge, elle a une convulsion de tout le corps, elle projette ses deux jambes à hauteur de la ceinture, il se plie en deux, et le coup part, la fille glisse le long du mur, tuée net.

La détonation résonne longuement, mêlée à l'odeur de la poudre et à celle de l'essence brûlée. Fernandez, choqué, le souffle coupé, le cœur en arythmie.

La minuterie s'éteint, on n'entend plus que le moteur de l'Austin qui tourne au ralenti. Il s'appuie contre le mur. Ce meurtre, pour moi, c'est rideau. Inavouable. Flic de gauche, les RG, les jeux, ma rencontre avec Bornand, l'Élysée, dix ans de bagarre. Reprend son souffle. Je ne renonce pas à ça. J'ai besoin de quelques heures. Il faut bouger.

Rallume la minuterie, se met au volant de la voiture, la rentre dans le box, ferme la porte. Abri très précaire, il y a une autre voiture, mais quand même mieux que tout ouvert. Le corps est là, en tas sur le sol, il a laissé le long du mur une traînée sanglante, et une flaque de sang s'élargit lentement sur le sol. C'est une connerie irrémédiable. Je ne peux pas la laisser ici, on peut la trouver d'un instant à l'autre, l'identifier immédiatement, et je suis en première ligne. Je gagne un peu de temps, et j'essaye de la coller sur le dos de Chardon.

Il ouvre la portière, dépose le cadavre sur le siège passager, le tourne sur le côté, comme si la fille dormait, arrange le grand imperméable pour le masquer, fouille le sac, trouve la télécommande du garage. Respire un grand coup, et sort l'Austin du parking. Du sang sur ses vêtements, dans la voiture. Il commence à neiger, ça, c'est plutôt bon, il y aura moins de curieux, mais pas possible d'aller bien loin, trop risqué.

Dans le XIXe, tout près, un endroit désert à cette heure-ci et par ce temps, le parking de la Villette. Il y va en roulant prudemment. Parking automatique. Esplanade en plein air. Allées en bitume, séparées par des trottoirs plantés d'arbres dénudés. Les lampadaires sont éteints. La neige tombe dru, et tient sur le goudron, sur les branches des arbres. Une lueur vient du périphérique, au-dessus du parking, et de l'autre côté, quelques lumières dans le chantier de la Villette, à une centaine de mètres. Fernandez, avec son cadavre, est au centre d'un trou noir cotonneux. Arrête l'Austin contre la rangée d'arbustes et de sapins qui borde la rampe de sortie du parking, contourne la voiture, ouvre la portière, tire le corps sur le sol, le pousse du pied sous les plantations, et le recouvre de l'imper mastic. La neige commence immédiatement à gommer le cadavre. Regard circulaire, toujours personne. Dans dix minutes, tout sera recouvert de neige. Reprend la voiture, paye à la caisse automatique, et retrouve l'avenue Jean-Jaurès. Il prend le temps de régler le siège, le rétroviseur, puis s'arrête à côté d'une cabine téléphonique, obtient des renseignements le téléphone de Chardon, l'appelle. Dieu des flics, faites qu'il soit là. Il est là.

– Je suis un ami de Katryn. Elle vous demande de la rejoindre pour prendre quelques photos.

– Ne dites rien au téléphone.

– Je passe vous prendre en bas de chez vous, dans un quart d'heure. J'ai la voiture de Katryn.

– Entendu.

Achat de rouleaux d'essuie-tout, nettoyage du sang le plus visible dans la voiture, le sac de Katryn dans le coffre. Pose son revolver sur la banquette arrière, et sa veste en cuir pardessus. Et en route.

Chardon habite un pavillon dans une petite rue en impasse, au sommet d'une butte. La neige rend la circulation très difficile. Pas de voitures, pas de piétons, les gens sont enfermés chez eux. Seuls des gamins planqués derrière les voitures en stationnement se livrent une bataille acharnée de boules de neige en poussant des hurlements. Chardon l'attend devant sa porte, à l'abri sous son porche, il le rejoint en dérapant, monte à ses côtés, pas forcément méfiant, mais intrigué.

– Katryn est à Aubervilliers, où nous avions rendez-vous. Complètement par hasard, elle a repéré le PDG d'une grosse entreprise, elle ne m'en a pas dit plus, avec des jeunes, des très jeunes gosses du coin. Elle est restée sur place, et m'a envoyé vous chercher. (Un temps de silence.) Vous avez bien votre appareil photo ?

– Vous inquiétez pas.

Mutisme. Malaise. Faire vite.

– Vous verrez, nous n'en aurons pas pour longtemps.

Conduite acrobatique au milieu de voitures qui roulent au pas. Ça glisse. Tant que Chardon fixe la route, tant qu'il a peur, il ne regarde pas de trop près l'intérieur de la voiture ou mon pantalon. Fenêtre ouverte, courants d'air froids, pour dissiper l'odeur du sang.

Porte d'Aubervilliers. Fernandez enfile le quai le long du canal de Saint-Denis. Accélère, accélère. Franchit le canal sur le pont du Landy, puis s'engage sans ralentir, à toute allure, dans un chemin à peine goudronné. Chardon se tourne vers lui, l'air interrogateur. Fernandez, tout en conduisant dans les ornières de la main gauche, saisit de la droite son revolver sur le siège arrière, sous la veste, et d'un seul geste, sans cassure, amène l'arme près du crâne de Chardon et tire. Le corps bascule sur le tableau de bord, et la fenêtre droite éclate. Sans s'arrêter, toujours de la main droite, il tasse un peu le cadavre entre le tableau de bord et le siège du passager, puis le recouvre de sa veste. Camouflage grossier, mais on ne va pas loin, et les gens ici ne sont pas forcément très curieux. Traverse un terrain vague gadouilleux le long du canal, réatterrit sur le goudron, gymkhana dans des petites rues assez sordides, passe sous l'autoroute et la voie ferrée, et entre dans une casse de voitures. Arrête l'Austin à cinquante mètres d'un Algéco, et donne un coup de klaxon. Un jeune homme mince en bleu de travail sort sur le seuil et l'attend. Ils se serrent la main.

– Une voiture pour la presse, et tu ne regardes pas ce qu'il y a dedans.

– Le patron est prévenu ?

– Pas eu le temps. Il y a urgence.

Le jeune gars lui désigne le téléphone, dans la baraque.

– C'est indispensable. Je ne prends pas les décisions.

Fernandez appelle. Le patron est là. Le jeune homme branche le haut-parleur.

– Je voudrais détruire une voiture, et ça urge.

– Pleine ?

– En partie, oui.

– Tu sais ce que ça coûte ?

– J'ai toujours payé, et toujours renvoyé l'ascenseur.

– OK.

Le jeune homme se dirige vers la presse, au fond du chantier. Fernandez retourne vers l'Austin, récupère les clés de Chardon dans ses poches, celles de Katryn et son agenda dans son sac. Abandonne, avec regret, sa propre veste, cuir souple doublé de fourrure de loutre, sur le siège avant, mais il ne faut pas faire d'erreurs, puis conduit la voiture sur l'aire de la presse. Descend. Et contemple le crash. Quand c'est aplati, une Austin, ça donne une galette, une grosse galette, dégoulinante d'essence, d'huile, de sang, jetée dans un camion-benne, avec d'autres compressions. Fernandez se sent libéré d'un poids. Je ne connais aucun cadavre qui en soit revenu.

L'heure : 17 heures 30. Nuit noire. La casse va fermer. Et ma journée n'est pas finie. Métro, bousculade, profil bas. Chez lui, il enlève ses vêtements, les fourre dans un sac plastique. Tout jeter. Douche rapide, s'habille avec le même genre de vêtements, jean et veste de cuir. Puis prend sa voiture, et fonce chez Chardon.

Il se gare loin de la butte, et monte à pied. La neige continue à tomber, les gosses sont rentrés chez eux. Marche lentement, pour se donner le temps de repérer les lieux. Une grille, un portail entrouvert, il entre dans un jardinet, plein de lierre et de buissons, surchargés de neige, qui le mettent à l'abri des regards. Un pavillon en briques de deux étages. Les rideaux ne sont pas tirés devant les fenêtres, pas de lumière : semble désert. La clé tourne sans problème dans la serrure. Mais s'il y a une alarme... La porte s'ouvre, pas un bruit. Se glisse dans l'entrée, pousse la porte derrière lui, commence à se déplacer. Les pièces baignent dans une faible lumière orange qui provient des réverbères, rayée par le rideau de neige qui tombe sans discontinuer. Prend soin de rester loin des fenêtres.

Au rez-de-chaussée, un débarras, un garage avec congélateur, machine à laver et établi. Une porte fermée à clé. Quelques secondes pour trouver la clé adaptée. Dans une pièce aveugle, un atelier de photo, bien équipé, développement et tirage. Allume la lumière. Nettoyé et rangé. Accrochées à un fil, deux photos sont en train de sécher. Apparemment, le produit du travail de Chardon, juste avant sa promenade en voiture. Deux scènes de cul, avec des gens que Fernandez connaît. Il embarque. Ça amusera, à l'Élysée. Éteint la lumière, monte au premier étage.

Une grande pièce occupe tout l'étage, fenêtres des deux côtés, canapés, fauteuils, table en bois massif, confort cossu, tapis de laine marocain au sol, une pièce peu décorée. Sur l'un des murs, dans une bibliothèque à moitié vide, une télévision, magnétoscope, chaîne hi-fi, disques, cassettes. Une cuisine américaine très bien installée. Une cafetière sur la cuisinière, une tasse sale dans l'évier. À part ça, impeccablement rangée. Rien pour moi ici, ne pas perdre de temps.

Au deuxième étage, chambre, bureau, salle de bains. Essayer d'abord le bureau, logique. Le long d'un mur, un secrétaire ancien est resté ouvert. Deux piles de dossiers, dans des chemises de couleur. Fernandez feuillette rapidement. À gauche, impôts, fiches de paie, Sécurité sociale.

Passe. À droite, quelques pages manuscrites, des noms, des adresses, des dates, des mémos sans doute, difficilement exploitables. Toutes ses archives doivent être rangées ailleurs, à sa banque peut-être, ce qui expliquerait que la maison soit si peu protégée. Et au milieu de la pile, un dossier plus épais. Première feuille, photocopie du plan de vol d'un Boeing 747, Bruxelles-Zavantem-La Valette-Téhéran, jeudi 28 novembre 1985. Banco. Facile. Pour un maître chanteur, ce type n'a aucun sens de la sécurité. Fernandez rafle le tout, en vitesse. Dépose dans un tiroir du secrétaire le carnet d'adresses et les clés de Katryn, soigneusement essuyés, conscient que ce n'est pas très probant. Mais il est en pleine improvisation, et il ne faut pas s'éterniser. Retour dans l'entrée, attend quelques instants, toujours aucun bruit dans la rue, ce silence si prenant d'une ville sous la neige, sort en claquant la porte derrière lui, et s'éloigne en relevant le col de sa veste.

*

L'après-midi de Bornand continue sur un rythme soutenu. Les douanes, à un moment ou à un autre, peuvent être amenées à traiter l'affaire de l'avion. Il est donc indispensable d'en parler au ministre du Budget. Mais les rapports entre les deux hommes sont complexes, non dépourvus de chausse-trapes. Il faut donc préparer le terrain. Timsit est l'homme de la situation. Énarque, une culture très éloignée de celle de Bornand, et une vaste influence dans l'administration. Ils se sont rencontrés dans des parties de chasse organisées par la banque Parillaud, ils ont longuement parlé armes de collection, et Bornand lui en a offert quelques très belles, en provenance du Liban.

– Je tiens à vous informer avant d'en parler avec le ministre. Une affaire de ventes d'armes avec l'Iran. Rien à voir avec des histoires de gros sous, il y a derrière des négociations secrètes sur la libération des otages. Je sors du bureau du Président. Il souhaite que tout soit fait pour qu'il n'y ait pas de vagues.

Message reçu.

Flandin, enfin, le patron de la SEA, la Société d'électronique appliquée, qui a couvert la transaction. Le ton n'est plus le même que la nuit dernière. Bornand le trouve nerveux, soucieux avant tout de protéger son entreprise. C'est sans doute là que le bât blesse.

– Je vous préviens, en aucun cas je ne porterai le chapeau. Prenez vos précautions pour étouffer l'affaire, sinon je crache le morceau sur les commissions tous azimuts qui entourent les marchés avec l'Iran, à commencer par les vôtres. Et je ne paierai pas seul l'addition.

Bornand s'allonge à demi dans son fauteuil, étire ses jambes. Si jamais l'affaire se complique, ce type ne tardera pas à devenir un problème. À partir du moment où j'avais choisi de travailler avec un novice sur ce genre de marché, c'était un risque et je le savais. Je vais appeler Beauchamp pour qu'il le verrouille. Après tout, je l'ai introduit au service sécurité de la SEA pour ça. Demi-sourire. Gouverner, c'est prévoir.

Retour de Fernandez. Bornand sert deux whiskys, et feuillette le dossier qu'il lui a remis. Toute l'opération est là, mise à plat. Enfin, presque toute. Le relevé de décision de la Direction ministérielle à l'armement, en février dernier : les Magic 550 qui équipent l'armée de l'air vont être remplacés par un modèle plus performant. En mai, contrat entre la DMA et une société spécialisée dans le matériel électronique, la SEA, qui se porte acquéreur des missiles pour la somme de cinq millions de francs et s'engage à les désarmer et à recycler dans le civil le matériel embarqué. Les missiles sont acheminés dans les hangars de la SEA en septembre. En octobre, la SEA vend du matériel électronique pour la somme de trente millions de francs à la SAPA, une société financière dont le siège social se trouve aux Bahamas. Le même jour, la SAPA revend le même matériel à la SICI, une société basée à

Malte, pour la somme de quarante millions de francs. Le matériel est embarqué à Bruxelles-Zavantem à destination de la SICI, à Malte. Le plan de vol du Boeing 747 à bord duquel le matériel a été chargé indique clairement que celui-ci n'a jamais atterri à Malte, mais s'est détourné vers Téhéran. Une fiche séparée indique également l'installation à Téhéran depuis quinze jours d'une antenne de la Camoc, une société libanaise spécialisée dans le bricolage des armes de récupération françaises, américaines, israéliennes, et leur adaptation sur toutes sortes de matériel. Bref, toute la chaîne est là, le travail est mâché pour les journalistes, les vérifications seront aisées.

Bornand relève les yeux vers Fernandez :

– Superbe travail, mon petit. Je n'ose vous demander comment vous vous y êtes pris...

Sourire.

– Chardon et Katryn sont sortis ensemble du restaurant, assez tard, vers trois heures, après une partie de billard, et d'après ce que j'ai pu entendre, ils avaient un rendez-vous commun dans Paris. J'en ai profité pour aller explorer le domicile de Chardon, c'est tout simple. J'ai pris le dossier, parce qu'à mon avis, ça va le faire réfléchir.

Bornand lève son verre dans sa direction, et hoche la tête. Fernandez enchaîne :

– Dans les dossiers de Chardon, j'ai aussi trouvé quelques photos. Jean-Pierre Tardivel, un journaliste influent de *Combat Présent*, l'hebdomadaire d'extrême droite, en train de s'amuser avec deux très jeunes garçons...

Il glisse la photo vers Bornand qui se penche, attentif :

– Vous m'intéressez sacrément. Je garde, je suis sûr que ça pourra nous servir.

– ... et la superbe Delia Paxton en train de se faire mettre par deux travelos, dans une mise en scène qui ressemble assez au tournage d'un film porno.

Bornand prend la photo, la glisse dans une enveloppe.

– Pour le Président. C'est un fan de Delia Paxton, il va voir tous ses films incognito, sur les plus grands écrans possibles. Au moins, maintenant, il saura quoi lui dire quand il la rencontrera dans un dîner en ville. Ou dans son discours quand il lui remettra la Légion d'honneur.

Une fois Fernandez parti, Bornand se sert un autre whisky. Silence dans la nuit. Juste un rond de lumière colorée sur le plateau du bureau. Prendre le temps de gamberger.

Ceux qui ont construit ce dossier ont des sources d'information à tous les niveaux de l'opération, à la Direction du ministère, à la SEA, mais aussi à la Camoc, à Beyrouth, dont l'intervention n'est connue ici, à Paris, que du patron de la SEA et de moi. Ce serait peut-être plus facile de les pister à Beyrouth qu'ici. Beyrouth, Moricet.

Flash : Moricet grand, baraqué, de l'humour dans sa façon de porter un élégant costume de lin sur une carrure et un armement de baroudeur, un sourire de séducteur sur un visage de guerrier. Tous deux bourrés de cocaïne, dans un bordel de Beyrouth aux contours flous, un appartement de luxe dévasté par la guerre, et un concours stupide : lequel des deux était capable de baiser le plus grand nombre de filles en deux heures de temps ? Et Moricet avait gagné : 9 à 6. Le bénéfice de l'âge, certainement, avait soutenu Bornand, mais une performance qui, de toute façon, méritait le respect.

Flash encore : Moricet et lui, très imbibés, dans Beyrouth, dans une voiture inconnue, coincés par deux groupes d'hommes en armes. Dessoulé d'un coup, Moricet l'avait jeté sur le plancher de la voiture, avait foncé droit devant lui, en tirant avec une arme surgie de nulle part, chocs sur la carrosserie, et les avait dégagés, avant de le ramener chez lui, dans le quartier chrétien. Le souvenir d'une peur d'enfer, de celles qui vous donnent intensément le sentiment de vivre, et un ami sur lequel il pouvait compter.

– Tentative d'enlèvement avec demande de rançon, avait sobrement commenté Moricet. L'industrie la plus rentable dans ce pays depuis le début de la guerre.

– Plus rentable que la banque, j'en ai peur.

Et il s'était laissé aller à quelques confidences sur ses soucis avec la Banque internationale du Liban, la BIL, qui, bien implantée dans la communauté chrétienne, perdait ses clients dans les autres communautés religieuses libanaises depuis le début de la guerre, chez les Syriens, et dans le reste du Moyen-Orient.

– Négociez avec les Syriens.

– Nous le souhaitons, mais ce n'est pas facile. Ils sont plus que méfiants à notre égard.

– Je connais le chef des services secrets syriens. Vous voulez le rencontrer ?

Deux jours après, c'était chose faite. Longue conversation sur les nouvelles recherches archéologiques en Syrie (ma passion, avait dit l'homme des services secrets), que Bornand avait alimentée comme il avait pu. De façon honorable, apparemment, puisque le Syrien venait lui rendre visite à Paris chaque fois qu'il se trouvait officieusement en France, et que quelques-uns de ses amis étaient entrés au conseil d'administration de la BIL, qui avait repris des couleurs. En fait, ça avait été un tournant décisif dans la fortune de la banque. Moricet, un homme efficace.

Aussi, en 1982, Bornand lui avait-il demandé de rejoindre la cellule de l'Élysée. Ce qu'il avait fait, mais pas pour longtemps : trop de branquignols, disait-il, trop de bureaucrates, trop de chefs, pas assez d'action et de soleil. Et il avait créé sa propre société privée de sécurité, ISIS, basée à Beyrouth et qui rayonnait sur tout le Moyen-Orient. Pour savoir quelque chose sur la Camoc, aucun doute, Moricet est l'homme de la situation.

Téléphone. Il sera là demain.

Bornand range soigneusement ses notes de la journée dans une des deux armoires. Au milieu des arabesques et des feuilles d'acanthe, les traces de tout ce qui s'est dit un jour dans ce bureau, accumulées depuis quatre ans, un véritable trésor de guerre. Et ferme l'armoire à clé. Puis il se sert un dernier whisky, debout devant la fenêtre, en contemplant les toits.

*

Fernandez se retrouve dans la rue. La neige continue à tomber. Envolée, la chaleur du bureau, du whisky, de Bornand. Épuisé. Aucune envie de rentrer chez lui, tout seul, avec ses morts. Dans le café le plus proche, il commande un calva, passe aux toilettes, se fait une ligne de coke. Bonne sensation. À vrai dire, si on regarde bien, la situation est plutôt cocasse. Finir la soirée chez Mado, la maquerelle de Katryn, ça c'est l'idée géniale. La classe.

Au rez-de-chaussée de l'immeuble de Mado, un grand bar, décor anglais, ambiance feutrée et chic. Fernandez, l'homme de main de Bornand, a ses entrées gratuites dans toute la maison. Le barman le salue et lui sert un cognac, qu'il boit cul sec, puis il descend au sous-sol. Club échangiste. Pour une certaine clientèle bourgeoise, c'est la nouvelle mode ; mieux porté que d'aller aux putes, ça fonctionne pareil, sauf qu'il y a quelques non-professionnelles. La vraie clientèle de Mado, celle qui fait sa fortune et sa réputation, celle qui a beaucoup d'argent et beaucoup de pouvoir, préfère le réseau de call-girls et les partouzes dans les salons du premier étage.

Dans la demi-obscurité, l'odeur de sueur, de renfermé, de baise et de poussière, la musique rythmée et assourdissante, Fernandez se détend. Deux femmes, harnachées de quelques pièces de cuirasse hérissées de piques, dansent dans un coin. Ailleurs, des hommes et des femmes très dévêtus se frottent en rythme. Sur les bas-côtés, quelques couples en tas sur des canapés, dans des alcôves. Des filles partout, à portée de la main, offertes, ouvertes. Fernandez est tout de suite fasciné par une fille qui danse nue dans un spot de lumière, avec des gestes exagérés. Un cul rond et lisse, engageant sans agressivité, deux gros seins blancs qui tressautent et, au-dessus, une tête couverte d'un casque de cheveux noirs, coupés sur les oreilles. Elle n'a pas de visage. Pas de visage. Élancement névralgique. Flash : la tête de Katryn dans l'obscurité du garage, plaquée contre le mur, hurlante et la nuque qui explose. Sur fond de musique hypnotique.

Il marche vers la fille, la prend par le bras, l'entraîne vers une alcôve, cherche à écarter ses cheveux. Pas de visage, juste une bouche qui s'ouvre, un gouffre muet. Un coup de poing pour fermer cette bouche, deux, trois, une bousculade, Fernandez sombre, assommé par deux videurs athlétiques au milieu de la confusion générale.

Mado, appelée en toute hâte, le fait porter dans une des chambres du premier étage, ainsi que la victime, lèvres éclatées, arcade sourcilière fendue, qu'un médecin vient soigner d'urgence. Vraiment pas de chance, une des quelques non-professionnelles de la soirée. Elle gémit, promet de porter plainte.

– Ce type est cinglé, dit Mado, très maternelle, et elle lui parle subrepticement de dédommagement.

– Cinglé, c'est sûr. Il hurlait « Catherine, Catherine », je ne m'appelle pas Catherine, il n'entendait rien. Il s'est mis à me frapper. (Secouée de sanglots.) La peur de ma vie.

– Katryn, dit Mado, soudain songeuse, en arrangeant du bout des doigts les cheveux noirs de la jeune femme collés par le sang et la sueur.

Katryn, un modèle de conscience professionnelle, qui vient de lui faire faux bond ce soir, pour la première fois depuis qu'elle travaille pour elle.

*

Dans la chambre de sa maîtresse, tout en vert et blanc, mobilier Louis-Philippe en bois blond, Bornand, en smoking noir, est à demi allongé sur une méridienne. À sa gauche, deux hautes fenêtres, dont les rideaux ne sont pas tirés, donnent sur le Champ-de-Mars. À travers l'ossature des arbres couverts de neige, on aperçoit la Tour Eiffel illuminée, enchevêtrement de poutrelles cuivrées par la lumière, surlignées de blanc neige, présence familière du rêve technologique enrobé de nostalgie. Coup de fatigue. Élancements réguliers dans la paume de la main gauche, et à chaque fois, la fugitive image d'une tache de sang qui s'élargit, hors de tout contrôle. Rude journée. Le Président qui rêve de l'Académie française, Bestégui qui s'empiffre, Fernandez petit voyou cambrioleur. Et tout à l'heure, la soirée à l'ambassade. Un sentiment d'usure. Récupérer ici, au calme, dans ses meubles. Augmenter la distance. Il sort de sa poche un étui en or et laque noire, choisit soigneusement une cigarette, mélange de poussière d'ange et de marijuana, l'allume, inspire une longue bouffée. Bien-être presque immédiat. Il contemple sa maîtresse, assise nue sur un pouf, face à la coiffeuse, qui se livre pour lui au rituel de la toilette. Il la voit de trois quarts dos, et, dans la grande glace, son reflet de face. Un cadrage à la Degas. Une deuxième bouffée. Il retient la fumée, longtemps, expire lentement. L'image de la jeune femme tremble, se dissout. Un autre visage s'esquisse, celui d'une très jeune fille, fugitif. Il plisse les yeux, pour le retenir. Trop tard, il se disloque avec un bruit métallique. Il écrase sa cigarette.

Les cheveux blonds sont relevés en un chignon très sophistiqué, qui dégage la nuque et la ligne des épaules. Il suit attentivement chacun de ses gestes, lents, techniques. D'abord, appliquer le fond de teint, presque paresseusement, comme une sorte de prologue décontracté, puis la tension monte, quelques retouches sous les yeux, autour des pommettes. Un coup d'œil à l'ensemble, et le regard se tend vers le miroir, aigu, le buste légèrement penché en avant, les bras levés, les seins suivent le mouvement, prennent du volume, le dos s'étire, les hanches s'élargissent. Avec des gestes très précis, elle trace les yeux, peint la bouche (il adore la façon dont elle pince ses lèvres l'une contre l'autre), teinte les pommettes, creuse les joues, corrige ici ou là. Un monde artificiel et raffiné, qui n'existe que pour lui. Demi-érection qu'il caresse en douceur.

La peinture du masque est terminée.

– Nous allons être en retard, dit-elle, sans se détourner, en glissant un regard au reflet de l'homme en noir, dans le coin du miroir.

– Sans importance. Prends ton temps.

– Je n'ai pas envie de sortir ce soir.

Il élude. Elle soupire, se lève, enfile des bas de soie, presque blancs, un instant magique où la chair vivante se transforme en un volume lisse, parfait, brillant de reflets. Il ferme les yeux. Bien, très bien. Puis la robe longue, rouge carmin, comme les lèvres, fluide sur le corps, évasée vers le bas, manches longues, épaules couvertes, et décolleté en V jusqu'à la ceinture, les seins libres sous le tissu. Chaussures assorties à hauts talons, ligne superbe des pieds cambrés, équilibre sophistiqué. Elle se penche sur sa coiffeuse, prend dans un tiroir des boucles en or qu'elle fixe à ses oreilles, puis un collier. « Inutile », lui dit-il. Elle se retourne, il se lève, prend dans sa poche une boîte de velours, l'ouvre, en sort une plaque ronde, en or. Françoise la prend, suit du doigt les ciselures : une panthère en dessins géométriques lovée sur elle-même, de l'or mat martelé, un aspect étranger et sauvage.

– Somptueux. Ça vient d'où ?

– Du fond des steppes, du fond des âges. Depuis que je l'ai vue, j'en rêvais pour toi. Je l'ai fait monter en collier. (Il s'approche, le fixe autour de son cou.) Je le voyais à cet endroit précis, avec cette robe-là.

Il embrasse ses cheveux, glisse vers l'oreille que la moustache effleure, prend la boucle entre ses dents, fraîcheur du métal, tire légèrement. Elle se dégage, lui sourit, un clin d'œil, « ne touche à rien, l'œuvre est très fragile », puis insiste :

– Restons ici ce soir, je n'ai pas envie de sortir.

Il lui présente son manteau, l'enveloppe dedans, la retient dans ses bras, lui caresse le visage avec le col de fourrure.

– Ton désir n'a pas beaucoup d'importance, ma toute belle.

Samedi 30 novembre

Le parking du parc de la Villette, à huit heures du matin, en plein hiver, dans la lumière orangée d'une grande ville, est sinistre. L'asphalte noir, luisant d'humidité, découpé en longues bandes par des trottoirs de granit, strié de raies blanches, des embryons d'arbres minables, à quelques pas des chantiers de la Villette, composent un univers géométrique désolé. Deux voitures de flics, gyrophares et phares allumés, sont garées dans un coin. Les flics, quatre en tenue, deux en civil, sont regroupés près d'une rangée d'arbustes. Un Antillais, bonnet et écharpe en laine et blouson de cuir, tient son chien-loup en laisse, et leur désigne une forme humaine, sous les branchages de buissons squelettiques.

Les deux flics en civil s'approchent. Noria Ghozali, petite, engoncée dans un anorak noir bon marché, se tient un peu en retrait derrière l'inspecteur Bonfils, un jeune stagiaire qu'elle côtoie pour la première fois. Sur ses gardes : à l'instinct, un homme, son supérieur, méfiance.

Bonfils se penche. Un imperméable mastic recouvre presque entièrement le corps. Touche le poignet, la main qui dépassent. Froids, très froids. Soulève légèrement l'imper. Un corps couché sur le ventre, pantalon et chandail noirs, le visage tourné sur le côté, pratiquement intact, une femme, les yeux clos, la nuque éclatée, il ne reste plus qu'une dépression marron foncé de matières molles, ponctuée d'esquilles d'os grisâtres et de cheveux agglutinés. Et sous le menton, dans la gorge, l'impact net, propre d'une balle. Rien de spectaculaire, pense Bonfils, avec surprise, ni même d'émouvant. Une chose usagée comme abandonnée là depuis longtemps. Il se redresse, se tourne vers les flics en uniforme :

– Un meurtre par balle. Appelez le commissariat et le procureur.

Puis il tire son carnet et enchaîne :

– Alors, monsieur Saint-André, dites-moi, comment avez-vous trouvé ce cadavre ?

– J'habite de l'autre côté du périphérique.

– Plus précisément ?

– 36 rue Hoche, à Pantin.

– Continuez.

– Le matin, je promène mon chien sur le parking, ou le long du canal, avant de partir au travail. Je travaille aussi le samedi, vous savez.

– Où travaillez-vous ?

– À l'entretien, aux Galeries Lafayette. (Un temps d'arrêt.) Enfin, ce matin, c'était le parking. Mon chien a trouvé le corps vers huit heures moins le quart, à peu près.

– Comment ça s'est passé ?

– Il courait devant moi, il s'est arrêté devant les arbustes, il a commencé à grogner, et à tirer sur un bout du cadavre, la chaussure je crois. Moi j'ai pensé qu'il avait trouvé une charogne, je me suis approché pour le récupérer, et voilà. Alors j'ai couru avenue Jean-Jaurès, appelé la police depuis une cabine, et je vous ai attendus à l'entrée du parking.

– Votre chien a fait bouger le cadavre ?

– Non, il n'a pas eu le temps. J'aime beaucoup mon chien, alors je fais attention à ce qu'il peut manger. Pas de charogne.

– Vous ne venez que le matin ?

– Oui. Le soir, je fais juste un tour dans ma rue, la fatigue, vous comprenez...

– Vous avez rencontré des gens en vous promenant ce matin ?

– Non, ni ce matin, ni les autres jours. C'est pour ça que je viens ici, parce que je peux lâcher mon chien sans déranger personne. Ailleurs, on risque tout le temps de se faire engueuler.

– Et hier matin ?

– J'étais sur les bords du canal. Un jour sur deux, pour changer.

Saint-André, après avoir donné ses coordonnées, s'en va avec son chien.

Ghozali et Bonfils marchent côte à côte pour se réchauffer. Il est bien plus grand qu'elle, large d'épaules, vêtu d'un blouson d'aviateur serré sur les hanches, élégant, décontracté. Il sort un paquet de gauloises filtres de sa poche et lui propose une cigarette.

– Merci, je ne fume pas.

– Vous êtes bien silencieuse.

– Je vous regarde faire.

Il expire la fumée, le bien-être de la première bouffée. Pas insensible à la pointe d'agressivité. Regard en coin. Curieuse petite bonne femme, cheveux tirés en chignon strict, visage lunaire, un peu plat, pas séduisante. Mais une espèce de force enfermée derrière un mur de béton. Il continue :

– Vous savez, c'est ma première affectation, mon premier jour de permanence, et mon premier cadavre. Vous n'apprendrez pas grand-chose à me regarder faire. (Prend un temps de réflexion.) Je crois que je m'attendais à quelque chose de plus impressionnant.

– Vous êtes déçu ?

Il sourit.

On peut le dire comme ça.

Et l'équipe de la Criminelle débarque. En costume-cravate, pardessus, élégantes chaussures de cuir. Polis, distants, affairés, et compétents. Tout de suite, la machine se met en marche. Bonfils fait son rapport, Ghozali, un peu en retrait, écoute. Le parking est quadrillé, isolé, les environs explorés. Les techniciens arrivent, en combinaison blanche, et se mettent au travail. Noria les observe, fascinée. Bonfils se tourne vers elle :

– Vous venez? Nous rentrons au commissariat...

Avec violence, visage fermé :

– Vous rentrez, moi je reste. Regarder travailler les vrais professionnels...

Elle laisse la phrase en suspens. Un silence.

– Bien. Je préviens le commissaire qu'on a eu besoin de vous ici.

Noria le regarde s'éloigner, perplexe. Un homme différent?

Photos. Noria récupère un polaroïd du visage de la morte. Médecin légiste. Quelques manipulations simples sur le cadavre. Premiers constats. Tuée d'une balle dans la gorge, à bout portant, mais pas ici. Le corps a été transporté très peu de temps après la mort, qui remonte à une quinzaine d'heures ou un peu plus, difficile à dire à première vue, compte tenu de la neige et des changements de température. Probablement en voiture. Pour plus de précision, on verra au labo. Pas de papiers d'identité sur le cadavre. Une très grosse perle en collier, ça pourra être utile par la suite. Aucune trace ni empreinte sur l'asphalte, ou dans le massif, apparemment pas de témoins, en attendant d'avoir interrogé les ouvriers des chantiers. Si la disparition n'est pas signalée, l'identification ne sera pas facile. Noria enregistre. Une ambulance emporte le cadavre, et le parking se vide progressivement.

*

À neuf heures du matin, Nicolas Martenot sonne à la porte de l'appartement de Bornand. Un valet de chambre vient lui ouvrir, chemise noire col ouvert, manches roulées sur les avant-bras, pantalon noir (je me suis toujours demandé ce que Bornand peut faire d'un beau mec comme ça), l'introduit dans le salon, prend son manteau :

– M. Bornand ne va pas tarder.

Martenot s'approche de la porte-fenêtre qui donne sur une pelouse fermée par une grille couverte de lierre. De l'autre côté, le Champ-de-Mars, très calme. Coup d'œil à la Tour Eiffel, avec ses enchevêtrements de poutres foncées par l'humidité. Revient vers le salon. Boiseries XVIIIe siècle en bois blond, parquet Versailles en chêne. Sur le mur qui fait face aux portes-fenêtres, un très beau Canaletto, le Grand Canal devant le palais des Doges, d'une grande élégance, avec les silhouettes des gondoliers penchés sur leurs rames saisies d'un trait de peinture, et l'écume qui frise sur la lagune verte. À côté, trois petites scènes de la vie vénitienne de Pietro Longhi, disposées de façon dissymétrique, paraissent bien plates. Et, appuyé contre le mur, un meuble rare, un banc dessiné par Gaudí, en bois sculpté, extrêmement léger et contourné. Martenot le contemple avec un soupçon d'envie. À droite, une cheminée Louis XV en marbre. Il s'approche du feu de bois, agréable par ces temps humides. Sur le manteau, la tête en marbre blanc d'un éphèbe grec dont il effleure la joue du dos de la main, contact lisse et froid. En pendant, une statuette en terre cuite d'une déesse crétoise, yeux exorbités, lourde jupe jusqu'au sol, bras jetés en avant, mains fermées sur des faisceaux de serpents. Au-dessus de la cheminée, un portrait de Dora Maar par Picasso. Devant, un grand canapé, deux gros fauteuils, tapissés de blanc, lignes massives et carrées, une table basse chinoise lourdement incrustée posée sur un tapis persan de différentes nuances de rouge.

Ce salon, il a l'impression de l'avoir toujours connu, impeccablement ordonné, immuable, presque sans vie. Un décor étudié pour afficher la fortune et la culture de Bornand. Seule la déesse aux serpents introduit une note intrigante et rare.

Il est venu ici la première fois il y a plus de vingt ans, avec son père, brillantissime avocat d'assises qui s'était illustré après la guerre dans la défense des collaborateurs, trapu, cheveux en brosse, une allure de sanglier et une voix rocailleuse, l'ami intime de Bornand. Et l'amitié, c'est sacré pour Bornand. Un ami, c'est pour la vie, quoi qu'il fasse. Et cette amitié, Nicolas Martenot en a hérité, comme du reste de son patrimoine. Depuis, dans ce salon, il a participé à des dizaines de soirées, pas de grandes réceptions, mais des rencontres choisies, des liens personnels qui se créent, des réseaux qui s'entretiennent, et Bornand au centre, à la croisée de toutes les influences, avec maîtrise et élégance. Un instrument de pouvoir, et une jouissance.

Ici même, il n'y a pas si longtemps, cinq-six ans, Bornand lui a présenté ses amis iraniens, quelques mois après le renversement du Shah, en pleine crise des otages de l'ambassade des États-Unis. Deux hommes dans la quarantaine en costumes sombres, qui avaient fait leurs études à Harvard, aussi à leur aise avec le Canaletto qu'avec le Picasso. Ils dirigeaient le pool international d'avocats chargé d'épauler le gouvernement iranien dans les innombrables litiges internationaux entraînés par la révolution islamique. Son entrée dans ce pool a changé sa vie, en l'introduisant dans le milieu des affaires qui se traitent à l'échelle de la planète, a fait de son cabinet l'un des plus importants de la place de Paris, avec des ramifications dans une dizaine de pays, et l'a définitivement intégré dans la « famille » de Bornand, à qui il doit partiellement sa fortune.

Martenot se retourne, Bornand vient d'entrer, mince silhouette, en pull beige, avec des pièces de cuir aux coudes, pantalon de velours marron, et mocassins de cuir fauve usagés. Il se dirige vers Nicolas, passe le bras sur ses épaules, le serre brièvement contre lui, beaucoup d'affection dans le geste. Puis il se tourne vers le valet de chambre :

– Apportez-nous des cafés, et vous pouvez partir.

Plateau, porcelaine fine, viennoiseries et chocolats. Bornand sert avec décontraction, puis s'enfonce dans un fauteuil.

– Quand es-tu rentré de Téhéran ?

– Hier soir vers dix heures.

– Alors ?

– Les nouvelles ne sont pas bonnes.

– Je m'en doute.

– Mon voyage était prévu pour coïncider avec le début des livraisons de missiles. La disparition de l'avion a fait désordre. (Bornand, attentif, ne dit rien.) J'ai rencontré nos amis, séparément, puis tous ensemble. Ils sont unanimes : il n'y a plus rien à négocier. Cela fait pratiquement un an que tu connais leurs conditions pour libérer les otages, et toujours rien. Ils commencent à douter que tu sois en mesure de débloquer le dossier à Paris. D'autant que le RPR a envoyé un émissaire à Téhéran, un dénommé Antonelli, tu le connais ? (Bornand fait signe que oui.) Je ne l'ai pas rencontré, évidemment, mais je l'ai suivi à la trace. Il propose aux Iraniens des conditions plus intéressantes que les nôtres en matière de remboursement des prêts et de fournitures d'armes, quand le RPR aura gagné les élections de mars, à condition qu'ils ne traitent pas avec nous maintenant.

– Les Iraniens ne sont pas des enfants de chœur. Ils savent bien que les gaullistes ont toujours eu des liens privilégiés avec l'Irak, qu'ils ont négocié avec Saddam Hussein les plus gros contrats d'armement, et la construction de la centrale nucléaire irakienne. Ils ne peuvent pas prendre pour argent comptant des promesses préélectorales.

– Ils voient le sabotage de l'avion comme le résultat de bagarres internes à la vie politique française...

– Ils n'ont pas tort.

– ... et franchement, ça les fatigue. Bref, ils te donnent quinze jours pour obtenir une avancée significative et publique sur le dossier, sinon, ils suppriment tout contact jusqu'aux fameuses élections de mars 86. Et adieu les otages.
– Un ultimatum ?
– Exactement. Tu peux y satisfaire ?
Bornand prend un long temps de réflexion, les yeux à demi fermés, en se frottant la paume de la main gauche. Douleur aiguë, stimulante. Nicolas le regarde attentivement.
– Alors, François ?
Bornand se redresse.
– Quinze jours, ça fait court.
– Mais pourquoi, pourquoi ? Tu sais aussi bien que moi que l'Irak est à bout de course, et ne paiera jamais les armes que nous lui fournissons. L'Iran est en train de gagner financièrement la guerre. L'Arabie Saoudite se rapproche de Téhéran, et souhaite une guerre sans vainqueur ni vaincu. Je ne comprends pas ce qui nous bloque. Sans parler des Américains. Ou plutôt si, parlons-en. À Téhéran, j'ai rencontré Green. Il avait la chambre à côté de la mienne...
– Ça ne peut pas être un hasard...
– Nous avons joué au poker toute la nuit, et il a gagné...
– Mauvais signe.
– Ils vont intensifier leurs livraisons d'armes à l'Iran, avec la bénédiction de l'Arabie Saoudite et d'Israël.
– Mais pas celle du Congrès américain.
Martenot sourit.
– Comme tu t'en doutes, ça n'avait pas l'air de tracasser Green. Pourquoi nous, nous ne pouvons pas tout simplement rééquilibrer notre politique vers l'Iran ? C'était dans les intentions du Président.
– Je sais bien. Mais toute la vie politique est en train de se figer dans l'attente des élections.
– Un peu court comme explication, et tu le sais.
– Certes... Alors disons, un système de pouvoir ici en France qui repose sur des clans, et un président qui n'est plus

capable d'arbitrer, de trancher entre eux, quand les questions sont aussi compliquées qu'elles le sont au Moyen-Orient...

– Et quand les intérêts financiers des uns et des autres sont aussi importants. Les marchands d'armes français qui ont investi des milliards en Irak savent bien qu'ils ne seront jamais payés si Bagdad perd la guerre.

– Évidemment, ça joue aussi. Bref, c'est difficile de faire bouger les choses, mais j'y arriverai, je m'y engage. Je dis simplement que quinze jours, c'est trop court.

Martenot se lève.

– Ça sent la fin de règne.

Bornand sourit.

– Il y a de ça. Fais-moi confiance. (Il le raccompagne jusqu'à la porte.) Je te tiens au courant.

Au premier étage, dans la chambre vert et blanc de Françoise Michel, la maîtresse de Bornand, Nicolas est à demi allongé, nu, sur le lit couvert d'une couette blanche volumineuse. Au centre de la pièce, la méridienne, vide, et à droite la table de toilette, surmontée de sa grande glace. Françoise entre, en robe d'intérieur de soie verte, croisée à la taille, longs cheveux blonds à peine ondulés tombant jusqu'aux fesses. Elle s'approche de la méridienne, s'arrête, dénoue sa ceinture, et, en tournant sur elle-même, d'un geste lent, étudié, laisse sa robe glisser à ses pieds comme une flaque de couleur, relève ses cheveux, les tord et les noue sur le bas du cou. Point central de tous les regards, souveraine. Les rideaux ont été tirés devant les fenêtres, deux vasques éclairent le plafond. Nicolas regarde le long corps blanc et blond dans cette lumière sans ombre, il adore cette mise en scène surjouée. La maîtresse de Bornand, volée, partagée. Il bande. Elle se tourne vers lui, tend sa jambe, il vient s'agenouiller devant elle, retire une mule blanche, puis l'autre, suit de la main la ligne du pied, de la jambe, jusqu'au genou, précise, dure, pose les lèvres, la peau est fraîche et sent l'amande douce. Je chasse sur ses terres. Remonte jusqu'à la cuisse, et enfouit son visage dans la toison blonde, cherche le sexe, le trouve tendre, vivant, multiple, goût fort et profond. Ses terres. Violence du désir. Françoise, présente et ailleurs, écarte les cuisses ou le repousse, s'appuie ou se dérobe, prend plaisir à jouer de ses sensations à lui, elle qui s'enorgueillit de n'en ressentir aucune, et de le lui faire savoir. Tout juste l'excitation presque abstraite du spectacle qu'elle donne de son amant à Bornand, debout derrière la glace sans tain. Peut-être.

Et soudain, une rage qui naît dans le bas-ventre, la secoue tout entière, la submerge, la jette hors d'elle. Envie de hurler, elle se mord la lèvre au sang. Attrape la tête de Nicolas, l'arrache de son sexe, le pousse aux épaules, le plaque au sol, le frappe de ses poings, le visage englouti dans ses cheveux dénoués, l'écrase de son poids, le chevauche, va et vient, avec fureur, avec haine, jusqu'à ce qu'il jouisse en tremblant, en criant. Alors, elle lui crache au visage, l'enjambe, ramasse sa robe verte, et le laisse seul, allongé sur le sol, essoufflé, à la dérive, sous le regard de Bornand, désemparé. Une secousse sismique.

Françoise s'enferme à clé dans sa salle de bains. Sensation de froid dans les os, la lèvre tuméfiée, le sexe, le ventre noués, douloureux, le cœur en arythmie. Bornand était-il là, derrière sa glace ? Une incertitude qui prolifère avec des petits élancements aigus dans le bas-ventre. Coupable. Le cœur cogne, le sang monte aux tempes. Revenir en arrière, sous sa main sèche, autoritaire. Vertige. Fait couler un bain chaud, avec beaucoup de mousse, se glisse dedans, allume un pétard, s'y accroche, yeux fermés, et revient à elle lentement. Surtout, ne cherche pas à comprendre. Oublie. Écran noir sur Bornand. Pour l'instant. Ne pense à rien. Un long week-end en famille.

Attends demain.

*

Noria s'engage dans l'avenue Jean-Jaurès, en direction du commissariat, en marchant au ralenti. Femme inconnue. Pas facile à identifier. Sans identification, pas d'enquête possible. Elle n'a pas été tuée sur place. Larguer un cadavre sur un parking public en plein air, avec un chantier pas loin, même à la nuit tombée, il peut y avoir du va-et-vient, c'est un sacré coup de poker. Postulat : l'assassin a agi dans l'urgence. Un cadavre sur les bras, rien de prévu, il faut s'en débarrasser. Postulat : dans ce cas-là, on ne traverse pas tout Paris pour venir jeter un cadavre sur le parking de la Villette. On le jette au plus près. Donc, il y a une chance (forte ?) pour que la femme ait été assassinée dans le coin. Si elle a été assassinée dans le coin, il y a une chance (non négligeable ?) pour qu'elle y habite, ou y travaille. Et dans ce cas, il y a une chance (toute petite) pour que quelqu'un du coin la connaisse, et la reconnaisse. Touche dans le fond de sa poche le porte-carte en cuir dans lequel elle a rangé la photo de la morte à côté de sa carte de flic. Ce quartier est le mien. Si ce quelqu'un existe, moi je peux le retrouver.

Le commissariat du XIXe est pratiquement désert à cette heure-ci. Personne ne lui demande rien, et c'est très bien comme ça. Bonfils est déjà parti, en lui laissant un exemplaire de son rapport. Elle rédige quelques lignes pour le compléter, trouve une grande carte de l'arrondissement, la plie, la met dans sa poche, et rentre chez elle à pied.

À mi-pente de la rue de Belleville, la rue Piat est déserte, par ce temps froid, étroite, les pavés souillés de résidus noirs laissés par la neige fondante, luisants d'une humidité que l'on respire jusqu'au fond des poumons. Sur la gauche, en retrait, une grande barre HLM, une bonne dizaine d'étages, à la façade plate et uniforme, niveau zéro de l'architecture urbaine, un chef-d'œuvre de la rénovation sauvage commencée sur les hauts de Belleville dans les années soixante-dix.

Noria pénètre dans le hall de l'escalier C, béton écaillé, tagué, et odeurs aigres. Pas dépaysée, le même genre de décor pendant toute son enfance. Ferme les yeux, fait le vide dans sa tête, et le traverse.

Ascenseur, huitième étage. Ouvre la porte de son studio, avec un soupir de bien-être, enlève son anorak, ses bottes, marche pieds nus sur le plancher jusqu'à la fenêtre. Une vue somptueuse sur la ville, étendue et changeante comme la mer, aujourd'hui d'un gris terne et sans relief, bornée à l'ouest par la ligne sombre des bois de Meudon et du Mont-Valérien, appuyée à droite sur la courbe de la colline Montmartre, et en face sur le bloc anguleux et hérissé des tours de la Défense. Le ciel est encore clair, la nuit monte des rues et des immeubles, le monde est en place.

D'un geste, elle défait son chignon, ses cheveux noirs s'écroulent sur ses épaules, brillants, fluides, elle secoue la tête, une merveilleuse sensation de détente, presque déjà du repos. Chez elle. Entre son lit, un matelas posé par terre, avec une épaisse couverture couleur lie-de-vin, quelques livres de poche rangés sur une étagère métallique, sa baignoire, une vraie baignoire, un luxe, et son minuscule bout de cuisine. Personne pour occuper la salle de bains, bloquer les W-C, l'empêcher de lire et de traîner. Ou même de respirer.

Elle se déshabille, en jetant les vêtements par terre, au hasard, enfile un tee-shirt informe qui descend jusqu'aux genoux, attrape un paquet de biscuits secs, et s'allonge à plat ventre sur son matelas, la carte de l'arrondissement étalée devant elle par terre, crayon en main. Cette carte est vivante, Noria a parcouru toutes ces rues en guettant les passants, avide de saisir un regard, une expression, un geste, imaginer pour chacun d'eux des vies surprenantes, dialoguer dans sa tête, les suivre parfois, les reconnaître de temps en temps, apprivoiser ce morceau de ville où elle travaille, ne plus y être une étrangère solitaire. Elle repère les points névralgiques, ces carrefours où se concentrent commerces, bistrots, tabacs, kiosques à journaux, bouches de métro, et vers lesquels convergent les habitants des rues alentour, selon des chemins balisés, répétés quotidiennement. Trace autour de chacun sa zone d'influence, les lignes de partage dont les frontières sont indécises. La rue de Belleville, près de laquelle elle habite, partagée entre place des Fêtes, Jourdain, le bas Belleville... Une petite heure de travail, à se rappeler, presque mètre à mètre, ses interminables promenades, et maintenant, cette chance à ne pas laisser échapper.

Elle contemple sa carte, rêve un peu. Par où commencer? Demain, c'est dimanche, il y a foule sur les marchés, dans les rues où se concentrent les commerces d'alimentation. Revoit le cadavre. Une femme mince, les mains soignées, malgré les écorchures, vêtements très simples, mais classieux, le grand imperméable mastic en particulier, bien coupé, beau tissu. Et la grosse perle, un bijou pas commun. Ne pas chercher dans les coins les plus populaires de l'arrondissement, plutôt dans les quartiers socialement plus hauts de gamme, en priorité la périphérie du parc des Buttes-Chaumont. J'attaquerai par le marché de la rue de Meaux, et je remonterai par Laumière, jusqu'aux Buttes. Une sorte d'allégresse.

*

Françoise est enfermée à l'étage, toutes communications coupées. Bornand, au rez-de-chaussée, dans son salon, se sert un whisky, choisit une cigarette de hasch avec quelques pointes de poussière d'ange, et s'enfonce dans son fauteuil, devant le feu de bois. Contemple, dans un demi-rêve, la statuette de la déesse aux serpents, sur la cheminée, dont les contours s'estompent, il ne reste plus que ses yeux incrustés et son énergie menaçante.

Coup de sonnette. Bornand sursaute. Il a dû s'endormir. Le valet de chambre est parti. Il se lève, va ouvrir la porte à Moricet et le fait entrer dans le salon. Toujours le même, grand, carré, les cheveux très courts, maxillaires saillants et lèvres minces, baroudeur décontracté. Il va jeter un regard vers la Tour Eiffel, par l'une des portes-fenêtres, puis s'installe debout, devant le feu, pour se réchauffer.

– Comment était Beyrouth ce matin?

– Très beau temps, moins humide qu'ici, et calme, incroyablement calme depuis hier. Pas un coup de feu. Ça surprend.

– Je te sers quelque chose à boire, à manger?

– Avec plaisir, ce que tu as sous la main. Tu sais, dans les avions...

Bornand fait un tour à la cuisine, revient avec des sandwichs au saumon fumé et de la vodka, pose le tout sur la table basse.

– J'ai besoin de toi, Jean-Pierre.

– Je suis venu pour ça.

Bornand se recueille un moment, en triturant la paume de sa main gauche, petite douleur comme pour se tenir éveillé. Moricet vient s'asseoir sur le canapé et entame un sandwich.

– Un avion a disparu avant-hier en plein vol, au-dessus de la Turquie, il contenait des armes à destination de l'Iran. Une livraison dans laquelle je suis impliqué, et qui a été financée par la BIL. (Moricet attend la suite sans impatience.) Je voudrais savoir qui a fait le coup.

– Tu ne t'en doutes pas? Je dirais à première vue, et sans trop de risques de me tromper, les Irakiens et leurs amis fournisseurs en France. Si je compte bien, Thomson, Dassault, Matra, la SNIAS, tout le gratin de l'industrie française de l'armement, à peu de choses près. Que veux-tu, c'est la guerre. Passe ça par pertes et profits.

– Ce n'est pas seulement une affaire de concurrence entre marchands d'armes. Il y a une exploitation politique de l'affaire, ici, en France. Un dossier commence à circuler dans les rédactions des journaux parisiens pour dénoncer les trafics d'armes clandestins avec l'Iran, et l'objectif me semble être de déstabiliser les socialistes avant les élections de mars 86.

Moricet le regarde par-dessus son sandwich.

– Et tu vas y perdre plus de plumes que d'argent.

– Et je vais y perdre des plumes.

– Qu'est-ce que tu comptes faire?

– Si je sais exactement qui est derrière cette campagne, avec des noms, des faits, je peux tenter de la bloquer, au moins négocier ce qui peut l'être, limiter les dégâts.

– Et moi, là-dedans?

– Il faudrait vérifier la fiabilité d'une société à Beyrouth.

– Je t'écoute.

– La Camoc est installée dans la zone de l'aéroport d'Hâlat et fait de la réparation et de l'entretien de toutes sortes d'armements.

– Je la connais.

– Nous sommes entrés en contact avec elle pour qu'elle assure à Téhéran l'adaptation du matériel que les Iraniens nous achetaient sur des avions américains.

– Quand?

– Première prise de contact en avril, mise en œuvre il y a quinze jours, à peine plus. Je voudrais savoir si les fuites peuvent venir de la Camoc, et je veux les noms des bénéficiaires.

– C'est la seule source possible?

– Non, bien sûr. Il y a du monde au courant à Paris, à la Direction ministérielle à l'armement, et à la SEA, la société de matériel électronique qui sert de couverture à toute l'opération. Mais le volet Camoc figure dans le dossier qui circule en ce moment, alors qu'à Paris, personne ne le connaît, en dehors du patron de la SEA et de moi.

– Qui assurait le transport?

– La Florida Security Airlines.

– Une compagnie de la CIA. Je ne sais pas si c'est une garantie de sécurité. Mais tu as toujours aimé fricoter avec les Ricains. Incorrigible.

Bornand ferme les yeux. Entend Browder, voix légèrement éraillée, avec un fort accent américain : « Je suis un ami de votre beau-père, François, nous avons besoin de gens comme vous. » Pour Bornand, le sens était clair : des gens comme vous, qui ont été présents à Vichy, et proches des Allemands. Après la Libération, ça sonnait comme une réhabilitation.

– C'est ma génération, Jean-Pierre, pas la tienne. J'avais vingt ans en 45. Les Américains sont venus nous sauver des communistes, et de De Gaulle, en prime. Je travaille avec eux depuis 1947. On ne se refait pas.

Moricet hausse les épaules.

– Reste que des fuites sont toujours possibles de ce côté-là. Eux aussi visent le marché iranien. Ce ne serait pas leur premier coup tordu.

– Je n'y crois pas. La CIA est en difficulté en ce moment. Le Congrès fait une crise d'autorité, McFarlane vient d'être débarqué du Conseil national de sécurité, elle n'a absolument pas intérêt à attirer l'attention sur ses propres circuits clandestins d'acheminement d'armes vers l'Iran.

– Admettons. C'est toi qui décides.

Un temps de silence.

– Il faut faire vite, Jean-Pierre. Je me charge du versant français de l'affaire. Reste la Camoc, sur laquelle les informations ne peuvent pas venir de France.

– Bon. (Moricet se lève, s'étire, tourne un peu sur lui-même avant de se rasseoir, les coudes sur les genoux.) Je suis d'accord pour aller y voir de plus près. Tarifs habituels ?

Dimanche 1er décembre

Noria caresse du bout des doigts sa carte de police, dans le fond de la poche de son anorak, comme un talisman, et commence sa tournée par le secteur commerçant de la pointe de la rue de Meaux, entre Jaurès et Laumière, à deux pas de la porte de Pantin par l'avenue Jean-Jaurès, une rue étroite, boutiques tassées les unes contre les autres. Le beau temps est revenu, et avec lui un petit froid sec, réjouissant. Toute la rue est de bonne humeur. Elle attaque par un « Fruits et légumes » largement ouvert, étals en pyramide, entassements de couleurs, répercutés par des jeux de miroirs ; les vendeurs bonimentent et saluent leurs habitués, les clients se pressent dans la boutique, le long du trottoir, gros paniers au bras, font leur choix, prennent leur temps, c'est dimanche.

Noria s'approche de la caissière, une blonde décolorée bien en chair, hésite un instant, franchit le pas, et lui montre sa carte tricolore :

– Noria Ghozali, enquêtrice de police. (Sourit pour atténuer l'aspect officiel de la chose.) Je ne veux pas vous déranger, ni prendre votre temps. Juste vous montrer une photo.

Accueil bienveillant, une jeunesse, la petite fliquette. Noria sort la photo. La femme est livide, le polaroïd n'arrange pas les choses, les yeux fermés, l'air mal en point, mais le visage est intact, donc reconnaissable, et l'impact de la balle est hors cadre. La caissière interpelle les employés, les clients s'en mêlent, légère bousculade. Avis unanime : non, on ne la connaît pas.

De boutique en boutique, Noria remonte la rue, pratiquement pas de voitures, des hommes et des femmes chargés de sacs en plastique, quelques poussettes. La queue devant le charcutier : production artisanale. Un gril est installé sur le trottoir devant le volailler, et des poulets tournent lentement, énormes, ruisselants, la graisse coule sur les pommes de terre qui rissolent dans le lèche-frites. Une chaleur qui embaume. Noria ralentit. Pas là pour te promener, secoue-toi. Partout, le même accueil, avenant, disponible, tendance à tailler une petite bavette, et même réponse, on ne l'a jamais vue. Fleuriste, cave à vins, droguerie, boulangeries.

Restent les cafés, quatre pour ce petit bout de rue. Au dernier, qui fait le coin, terrasse ensoleillée, Noria s'arrête :

pause, un œuf dur et un café-crème. Pour les clients du bar, c'est plutôt bière, café-calva ou vin blanc.

– Alors, vous l'avez trouvée, votre bonne femme? demande un gros monsieur, la soixantaine passée, qui l'a croisée deux fois dans la rue, ce qui l'autorise à être familier.

Elle sourit.

– Pas encore, mais j'y arriverai.

– Elle a l'air malade sur votre photo, on dirait qu'elle est droguée. Vous la recherchez pour quoi?

– Elle a disparu...

Fatigue. Petite douleur à la cheville droite, d'avoir trop marché. Traits tirés. Le patron s'approche ·

– C'est l'heure de l'apéro, et c'est ma tournée. Je vous mets un petit blanc, ça vous remontera le moral, si, je vois bien que vous en avez besoin.

Noria hésite, une fraction de seconde : prolonger ce moment de convivialité ordinaire, cette sensation si nouvelle. Mais franchement, impossible. Rien qu'à l'odeur du vin, son estomac se soulève. Tant pis. Elle sourit : « non, merci », salue tout le monde, et s'en va vers l'avenue Laumière, d'autres boutiques, d'autres bistrots.

C'est une espèce de certitude. Avec de l'obstination et de la méthode, et ça, elle sait faire, elle va trouver la fille. Aujourd'hui, demain, un jour ou l'autre.

Lundi 2 décembre

Le temps est redevenu gris, il faut s'accrocher pour continuer. Sur le chemin du commissariat, détour par la Brasserie des Sports, à deux pas du parc des Buttes-Chaumont, une zone plutôt chic où se côtoient bureaux et habitations. La Brasserie des Sports est l'un de ces lieux où tout le voisinage passe, à un moment ou à un autre de la journée. Pour s'acheter des cigarettes, prendre un verre, jouer au PMU ou au loto, manger un morceau en vitesse, ou faire un repas entre collègues d'un même service. L'un de ces points nodaux dans la vie d'un quartier que Noria a entrepris de visiter.

Elle y entre. À cette heure-ci, la grande salle est encore plongée dans une demi-obscurité. Un garçon fait la mise en place, quelques clients sont accoudés au bar. Noria s'approche. Commande un chocolat et une tartine. La patronne est une petite blonde, permanente frisottée, la cinquantaine austère, debout derrière sa caisse, absorbée par l'organisation du travail de la journée. Noria l'observe un instant, puis, quand elle lève le nez de sa caisse, elle s'avance, carte de police et photo de la morte en main. La patronne jette un regard :

– Bien sûr que je la connais, c'est une de nos clientes régulières. D'habitude, elle a meilleure allure. Qu'est-ce que vous lui voulez ?

Noria, dans le brouillard, s'entend dire :

– Elle a été assassinée il y a trois jours.

Immédiatement, la nouvelle se répand au comptoir. Brouhaha. Clients et garçons s'agglutinent. Elle venait ici très souvent... Avec une amie, toujours la même... Ou un copain avec lequel elle jouait au billard... Vous voulez voir le billard ?... Bien sûr qu'on la connaît... Assassinée... Incroyable...

Il faut faire vite et dans l'ordre, ne pas se laisser dépasser, se répète Noria, de la méthode, de la méthode. Je ne peux pas gérer ça toute seule. Flash : le commissariat, les affiches, le poids, la solitude, le patron : « mon petit », et elle, muette, écrasée. Difficile. Flash, Bonfils : « mon premier cadavre... vous n'apprendrez pas grand-chose en me regardant faire », un homme plus accessible.

– Il faut que j'appelle mes chefs, au commissariat.

Un quart d'heure plus tard, Bonfils est là, toujours décontracté, et un coin d'étonnement dans le regard.

– C’est un coup de chance, seulement un coup de chance, dit Noria, la main fermée sur son porte-carte, au fond de sa poche.

– Bien entendu. (Un temps.) Je viens de voir le commissaire. Nous avons le feu vert pour commencer à recueillir les témoignages ici, lui se charge de prévenir la Criminelle. Il n’est pas mécontent de se faire mousser. Au travail, jeune fille.

D’abord, la patronne. Pragmatique, elle fouille dans les reçus de Carte bleue.

– Elle est venue déjeuner il n’y a pas longtemps. Pas samedi ou dimanche, ces jours-là, il y a moins de monde, je m’en souviendrais. Alors vendredi ? Ça doit être ça. (À voix haute :) Qui l’a servie ? C’est toi Roger ? À quelle table, tu te souviens ? La 16... Voilà. Fatima Rashed...

Choc. Ce nom... Impossible d’échapper au sentiment qu’il existe entre elle et moi comme un lointain cousinage. Et de toutes mes forces, je n’en veux pas. Pas avec une victime, pas avec un cadavre abandonné. Coup d’œil vers Bonfils. S’il fait la moindre remarque, c’est la guerre.

– ... Vous voulez son numéro de Carte bleue ?

Bonfils sort son carnet et commence à noter le nom et le numéro, sans rien dire, rappelle le commissariat, pour qu’on trouve l’adresse. Pendant ce temps, Ghozali s’est assise en terrasse. Vendredi, le jour du meurtre. Pas d’affolement. Un chocolat bouillant, à petites gorgées. Une sensation toute nouvelle, une sorte de plaisir d’exister. À côté d’elle, des hommes discutent ferme, dans une langue qu’elle n’identifie pas, en remplissant leurs bulletins de paris PMU.

Retour de Bonfils. La patronne leur désigne une table ronde, pas loin de la caisse, un peu à l’écart, pour qu’ils puissent interroger les garçons les uns après les autres, et les clients qui auraient quelque chose à dire. Bonfils s’installe pour prendre des notes, et laisse Noria, d’abord un peu surprise, conduire les entretiens. Vite fait avec le barman, ses clients l'attendent, et d'ailleurs, elle ne s'arrêtait jamais au bar, à peine un jus de tomate, de temps à autre, pour attendre qu'une table se libère, pas même sûr de pouvoir la reconnaître. Mais les garçons en salle sont intarissables.

Une très belle fille, de l'allure, grande, jamais maquillée, vêtements décontractés, et pas compliquée.

Elle venait régulièrement, disons deux fois par semaine, peut-être un peu plus, le matin vers onze heures, prendre un petit déjeuner, café au lait et œufs brouillés, ou déjeuner entre une heure et deux heures. Elle prenait un plat du jour, et un café. Jamais de dessert, jamais d'alcool, jamais d'histoires.

Un garçon accroche une grande ardoise à l'entrée de la salle de restaurant. Aujourd'hui, le plat du jour, c'est saucisse d'Auvergne et aligot. Les habitués arrivent. La patronne les arrête au bar, leur apprend la nouvelle, leur désigne de la tête la table des flics. La salle se remplit. L'atmosphère est conviviale, le brouhaha monte, les garçons circulent de table en table, entre les plantes vertes. Noria relance Roger :

– Elle venait seule ou accompagnée ?

– Parfois seule, et parfois accompagnée. Toujours par les deux mêmes personnes. Une grande fille qui lui ressemblait, en blonde. Ou un homme, assez moyen, difficile à décrire, pas très grand, pas très beau, dans les trente ans, ou plus.

– Ce garçon et cette fille sont revenus depuis vendredi dernier ?

– Non. On les a pas revus.

– Vendredi, à quelle heure est-elle venue ?

Réfléchit.

– Difficile à dire précisément. Il me semble que c'était avant le coup de feu. Probablement plus tôt qu'à son habitude. Vers midi, midi et demi ?...

– Elle était seule ?

– Non, avec le garçon. Et après le déjeuner, ils ont joué au billard, au sous-sol. Ils jouaient souvent ensemble. Un jour, j'ai assisté à une partie, il n'y avait pas grand monde, et mon service était fini. Elle jouait bien mieux que lui. Bien plus concentrée. À mon avis, c'était une femme assez autoritaire. Elle devait porter la culotte, comme on dit. Mais on ne l'a jamais vue se disputer avec ses deux copains.

La salle maintenant est comble, le niveau sonore très élevé. Pour les flics, c'est la pause. Ils écoutent à la table voisine deux petits vieux retraités se lamenter.

– Aujourd'hui, vous parlez de Maxence Van Der Meersch à des jeunes, ça ne leur dit plus rien du tout. À peine s'ils sont capables de vous citer *L'Empreinte de Dieu*, et encore...

Noria risque un coup d'œil perplexe vers Bonfils, qui lui sourit.

Des employés qui travaillent dans les bureaux alentour discutent bruyamment des otages français retenus au Liban.

– Ça fait déjà pas loin de huit mois qu'ils sont enfermés là-bas. Tu t'imagines, toi, prisonnier de ces fous furieux, pendant tout ce temps?

– Tu n'as pas entendu hier, à la télé? Le gouvernement a dit qu'il était optimiste, très optimiste...

– Tu parles... Ils ne savent même pas où ils sont, et qui les détient.

– J'enverrais les paras...

Les garçons travaillent comme des fous. Gestes précis, itinéraires au plus juste, ne jamais partir les mains vides, et toujours un mot pour l'un ou l'autre de leurs clients.

Quelques habitués passent à la table des flics avant de repartir. Ils n'ont rien à dire. Ils voyaient souvent Fatima Rashed, ne savaient pas qu'elle s'appelait Fatima, d'ailleurs. En fait, ils se croisaient, sans plus. Incapables même de dire de quoi elle pouvait bien discuter avec ses amis.

– Quand elle était seule, elle lisait *Libération*, dit un vieil homme en costume strict, d'un air franchement réprobateur.

– Comme moi, dit Bonfils. Ce n'est pas une raison suffisante pour se faire assassiner.

Le vieux reste dubitatif.

Deux heures de l'après-midi, c'est la décrue. Les tables se libèrent les unes après les autres. Les garçons se déplacent moins vite. La patronne fait porter aux flics deux faux-filets grillés frites, en s'excusant : il n'y a plus d'aligot. Une vieille dame s'installe pour boire un thé. Roger, le garçon qui a servi Fatima Rashed et son ami, le jour où elle s'est fait assassiner, revient s'asseoir à leur table.

– J'ai vu la patronne, elle m'a dit qu'il fallait que je vous en parle. Vendredi dernier, j'ai l'impression que quelqu'un suivait Fatima Rashed. Je n'en suis pas sûr, mais c'est en y repensant.

Noria jette un coup d'œil à Bonfils, qui ressort son carnet sans un mot.

– Dites toujours, ça nous intéresse.

– La fille et son copain sont arrivés, je les ai placés à la table 16. (Il la désigne dans un coin de la salle.) Juste après, arrive un type tout seul, que je n'avais jamais vu. Il portait une magnifique veste de cuir. Vous savez, une veste longue jusqu'aux fesses, ceinturée à la taille, un cuir fin, superbe. J'ai eu l'impression qu'elle était doublée en fourrure, mais je n'en jurerais pas. Je me suis dit que ça devait pratiquement coûter un mois de mon salaire. (Un temps d'arrêt.) Sans les pourboires, bien sûr. Je lui indique la table libre à côté de la 16. Il y avait encore pas mal de tables libres, c'est pour ça que je pense qu'il devait être vers les midi, vous voyez? (Noria fait signe qu'elle voit.) Il refuse, et va s'asseoir de l'autre côté des plantes vertes, comme s'il ne voulait pas que la fille et son copain le repèrent. Bon, ensuite je fais mon boulot, vous avez vu, on n'a pas le temps de traîner. À un moment, Fatima et son copain descendent jouer au billard. Ils sont bien restés en bas trois quarts d'heure ou une heure, comme d'habitude. (Bonfils note, calcul rapide, et glisse à Noria : « Ça peut coïncider avec l'heure du crime. ») Je finis de débarrasser les tables, et je vais boire un coup derrière le bar avant de partir. À l'extrémité du bar, je remarque mon bonhomme avec sa veste en cuir. Fatima et son copain remontent à ce moment-là et s'en vont. Le type paie son café, et part dans la même direction qu'eux. C'est peut-être une coïncidence.

– Vous pourriez nous dire à quoi il ressemblait, ce type?

– Vaguement. Grand, très brun, genre pied-noir, vous voyez.

– Quel âge?

– La trentaine, peut-être un peu plus.

– Vous le reconnaîtriez?

– Pas sûr. Mais la veste, oui.

La patronne leur fait signe : téléphone pour vous. Bonfils y va. C'est le commissariat. L'équipe de la BC est en route pour le 37-39 avenue Mathurin-Moreau, prière de les retrouver dans le hall d'entrée de l'immeuble. Elle le retient par le bras.

– J'ai cherché dans mes factures. Apparemment les amis de Fatima devaient payer en liquide. Je ne retrouve pas de traces de chèques ou de Carte bleue qui pourraient coller.

*

Bornand, enfoncé dans son fauteuil derrière son bureau, jambes allongées, cigarette au bec, yeux clos, divague. Françoise est partie chez une amie – se reposer, a-t-elle dit. Sans le revoir. Juste un mot transmis par le valet de chambre. Cette femme qui lui appartient, sans contestation, qui lui a toujours appartenu, d'un coup échappe à son contrôle, devient une silhouette floue inquiétante, se désagrège s'il tend la main. Une parfaite inconnue, qui l'abandonne, seul. Beaucoup de mal à respirer. Un whisky.

Entrée de Fernandez, reposé, après avoir dormi vingt-quatre heures d'affilée, sous sédatifs, chez Mado. Bornand se redresse.

– Mon cher Fernandez, la cellule m'a communiqué quelques conversations intéressantes, et j'ai des nouvelles pour vous. Le dossier de Chardon est arrivé au comité de rédaction de *Combat Présent*, l'hebdomadaire d'extrême droite, ce matin. C'est une secrétaire du *Bavard Impénitent* qui trouvait Bestégui trop timoré, et qui s'est amusée à le doubler. Je ne me trompe pas, Tardivel, dont nous avons une si jolie photo, est bien à la rédaction de *Combat Présent* ?

– Exactement.

– Que diriez-vous d'une petite séance d'intimidation ?

– Ce serait avec grand plaisir, patron.

– Feu vert. (Sourire en coin.) Et n'oubliez pas de me raconter.

– J'ai croisé Beauchamp dans les couloirs..

– Il sortait d'ici.

– Vous recevez ce type d'extrême droite ?...

Bornand prend cette remarque comme un coup de couteau. Autres temps, retour à la Libération, le monde est simple, résistants d'un côté, collabos de l'autre, et il est du mauvais côté. Il faut feindre, quémander des certificats de résistance, les acheter au besoin, et, pire que tout, les obtenir. Humiliation jusqu'au cynisme. Une fois pour toutes, la politique est un réseau d'amitiés personnelles ; le politiquement correct : la gauche est à gauche, la droite est à droite, un pur enfantillage, et, avec l'âge, il a de plus en plus de mal à faire mine d'y adhérer.

Visage blanc, narines pincées, il frappe le bureau du plat de la main.

– Vous vous croyez à gauche, vous ? Regardez-vous. Il n'y a que votre montre-bracelet et votre chevalière en or qui soient à gauche chez vous. Et moi ? Qu'est-ce que ça veut dire, à gauche pour moi, vous pouvez me le dire ? Moi, je suis au pouvoir, c'est tout.

Fernandez, ulcéré, se maîtrise.

– C'est vous qui décidez, patron. Je me permets simplement de vous faire remarquer que recevoir dans votre bureau, ici, un ancien de l'OAS, proche du FN, c'est une imprudence. Si ça se sait, ce sera très mal interprété.

Bornand se lève, tourne le dos à Fernandez, ouvre la fenêtre, se penche à l'extérieur, respire à fond l'air froid et humide. Ligne des toits, gris sur gris. Beauchamp est un ami, je le connais depuis des années, on a travaillé ensemble avec les Américains. C'est moi qui l'ai casé au service sécurité de la SEA, dès que j'ai commencé à travailler avec Flandin, et aujourd'hui, il m'est très utile. D'accord. Mais Fernandez a raison, tu ne devrais pas le recevoir ici. Tu te calmes. Il se retourne, et sur un ton neutre :

– Mado m'a téléphoné il y a une heure. Katryn a été assassinée... (Fernandez, tétanisé, reste muet.) Vendredi après-midi, sans doute peu de temps après que vous l'avez vue partir avec Chardon.

– C'est lui qui l'a assassinée ?

– C'est possible, je n'en sais rien. En tout cas, la police le cherche. Dommage, une belle femme, et compétente. (Fernandez acquiesce.) Il faut que vous me trouviez des informations sur ce Chardon. Impossible qu'on lui ait confié le dossier de presse par hasard, il a des relations, j'aimerais savoir lesquelles. Il est au centre de tout, ce type.

Nouveau silence. Bornand soupire.

– Et puis, ce soir, je suis de permanence à l'Élysée, et donc vous aussi. Préparez un peu notre soirée. Dans le courrier de la Présidence, vous sélectionnez quelques lettres de déclarations d'amour, vous téléphonez, et vous invitez à dîner. Pas avec le bon Dieu, mais avec ses saints. Du moment que c'est à l'Élysée, ça marchera.

– Comment voulez-vous que je sélectionne ? Elles n'envoient pas de photos.

– Non, mais on s'en moque. Quand on veut des belles filles, on va chez Mado, ou aux soirées de Lentin, le producteur de cinéma. La taille mannequin garantie, et tout ce qui va avec. Ce que je voudrais, ce soir, c'est de la surprise, autre chose, et même, tiens, n'importe quoi. Une grosse par exemple, avec un double ventre et des seins gonflés, durs, pour me faire une cravate de notaire.

Fernandez soupire.

– Je vais vous trouver ça, mais pas dans le courrier du Président.

*

Les inspecteurs de la Criminelle retrouvent Bonfils et Ghozali devant le 37-39 avenue Mathurin-Moreau. Poignées de main et quelques mots de félicitations condescendantes à l'intention des deux jeunots du XIXe.

Grand immeuble moderne, avec plusieurs montées d'escaliers. Il y a une concierge, pivot de la micro-société qui habite l'immeuble. Elle reconnaît immédiatement Fatima Rashed sur la photo que les flics lui présentent, et confirme qu'elle habite bien ici, colocataire avec Marie-Christine Malinvaud du neuvième étage, escalier D, porte gauche. Des jeunes filles sans histoires. Habitait, disent les flics, elle a été assassinée. Stupeur. Non, elle n'a pas vu les deux jeunes filles depuis un jour ou deux, elle ne saurait pas le dire avec précision.

– Pourriez-vous nous accompagner jusqu'à leur appartement ?

– Bien sûr. J'ai la clé. Juste le temps de fermer ma loge.

L'appartement est effectivement vide. La BC entame une inspection rapide. Bonfils et Noria, côte à côte, restent spectateurs.

Vaste, clair, calme. Un grand living, doublé d'une terrasse sur toute sa longueur, coin-repas d'un côté, coin-salon et télé de l'autre, quelques livres. Deux chambres, deux salles de bains, une grande cuisine. Le mobilier est confortable, sans recherche particulière, parquet, murs beiges. Une location meublée, dit la concierge.

Des vêtements de femme dans les placards des chambres, des affaires de toilette dans les salles de bains, deux tasses à café sales dans l'évier de la cuisine, une corbeille de fruits, pommes, oranges, bananes, pas pourris, le frigo moyennement plein, boissons alcoolisées ou non, laitages de supermarché. Peut-être un départ précipité, mais aucune trace de lutte ou de violence. Dans le living, un grand secrétaire ancien, plein de papiers personnels. Un inspecteur feuillette rapidement. Déclarations d'impôts, relevés bancaires, bulletins de salaire, loyers etc.

– Elles sont toutes les deux employées par la société Cominter dont le siège social est à Nassau.

– Il y a aussi un parking, dit la concierge. Elles ont chacune une voiture. La même marque d'ailleurs. Une Austin rouge pour Fatima, une noire pour Marie-Christine.

– Allons voir. Nous remonterons ensuite.

Dans le parking de l'immeuble, minuterie, faible lumière. La concierge indique le double box. La porte est simplement poussée. Un inspecteur l'ouvre. Vide. Et là, sur le mur de droite, une tache sombre, éclatée, à hauteur d'homme, une longue traînée jusqu'au sol, et au pied, une large flaque marron foncé de sang séché. Silence. Noria ferme les yeux, saisie. Ici, le coup de feu, la nuque qui explose, le sang sur le mur, le corps qui glisse, s'effondre, se vide. De la violence, il ne reste plus que la trace, angoissante. Bonfils lui touche le bras. Elle sursaute. L'activité a repris autour d'elle.

Deux inspecteurs de la Criminelle appellent les services techniques, isolent le garage. Les autres remontent vers l'appartement, fouiller les papiers, retrouver la colocataire, voir la banque...

Marie-Christine Malinvaud a des parents en province, avec qui elle a gardé des relations. Ils se téléphonent, elle doit passer Noël avec eux dans quelques jours. À Pithiviers, dit la concierge.

Malinvaud, à Pithiviers. Minitel.

Un inspecteur téléphone. Et trouve Marie-Christine.

Quelques heures plus tard, dans les locaux de la Criminelle, une grande fille aux cheveux blonds tirés en catogan, visage délavé, yeux bruns ternes, la silhouette engoncée dans un anorak, un pantalon trop large, et des grosses godasses, est assise en face du chef de groupe de la Criminelle en charge du meurtre de Fatima Rashed, un certain Patriat, costume gris, cravate imprimée gris et bleu, résolument distant, qui mène l'interrogatoire.

Née en 1963 à Pithiviers. Père clerc de notaire, mère au foyer. Pas de frères et sœurs.

– Oui, on travaillait toutes les deux dans le réseau de Mado, rue de Marignan. Vous connaissez ? (Pas de réponse. Demi-sourire.) Vous seriez bien les seuls dans la police.

– Ne nous égarons pas, mademoiselle Malinvaud. Comme vous le savez, Fatima Rashed a été assassinée, et vous êtes pour l'instant notre principal témoin. Un rôle que vous devriez prendre au sérieux. Reprenons. Vous travaillez pour Mado depuis quand ?

– Un an.

– Comment êtes-vous entrée en contact avec elle ?

Elle secoue la tête, les yeux dans le vague.

– Une histoire tellement classique qu'aujourd'hui je ne comprends pas comment elle a pu m'arriver. Je suis venue à Paris après mon bac pour faire du théâtre. En fait, mon objectif était de quitter Pithiviers. Je me suis inscrite au cours Einaudi, et j'ai bossé un temps dans un supermarché pour payer les cours. Je pense qu'à ce moment-là j'y croyais encore. Des gens passaient régulièrement nous voir travailler. J'ai commencé à sortir avec Lentin, le producteur de cinéma, et toute sa bande. Des acteurs, des techniciens de cinéma, des gens connus. Il m'a promis des petits rôles dans ses films dès que ce serait possible, et m'a confié à un copain à lui, photographe de plateau, soi-disant, pour préparer un book. À ce moment-là, j'ai arrêté de travailler au supermarché. Il a pris des photos de moi à poil, j'ai couché avec lui, avec ses copains, en me disant que c'était un tremplin pour ma carrière. Il ne m'a pas forcée, notez bien. Et puis avec des inconnus à qui il avait montré les photos et qui m'ont payée, beaucoup. J'ai arrêté d'aller aux cours de théâtre, je n'étais pas douée, à vrai dire, et je me suis retrouvée sur les listes de Mado.

– Quand avez-vous fait la connaissance de Fatima Rashed ?

– En arrivant chez Mado. Elle était mon maître d'apprentissage, en quelque sorte. Et elle prenait son rôle très au sérieux. C'est elle qui a trouvé notre appartement en location. Elle surveillait ma garde-robe, me faisait lire les romans dont on parle, me traînait à certaines expositions, surveillait mes rendez-vous. Je crois que Mado lui versait un pourcentage sur mes clients.

– Et vous aviez du mal à supporter cette surveillance.

– Pas plus que ça. En fait, j'ai passé plusieurs années à ne pas réfléchir une minute à ce que je faisais. Et puis Katryn...

– Katryn ?

– ... C'est le nom de... guerre de Fatima. De guerre, c'est tout à fait ça. C'était une femme... fascinante je dirais. Elle avait une haine des hommes extraordinaire, sans compromission. La seule chose qui lui faisait vraiment plaisir dans la vie, c'était de les faire payer, et le plus cher possible. L'idée qu'un homme puisse la toucher sans payer lui aurait donné la nausée, ou une crise de nerfs. Une haine qu'elle s'appliquait à me transmettre jour après jour. Moi, je n'ai pas ce genre de force, mais c'était réconfortant à voir. Un peu comme un Robin des Bois des femmes vénales. Vous voyez ?

– Sans commentaire. Pourquoi vous êtes-vous enfuie à Pithiviers le jour de son assassinat ?

– Katryn était engagée dans des jeux très dangereux. Elle travaillait en collaboration avec un journaliste qui s'appelle Chardon. À eux deux, ils piégeaient des clients et les faisaient chanter. Ça n'était pas des clients de Mado, parce qu'elle est organisée et bien protégée et que Katryn aurait été cassée tout de suite. Mais il y a eu un incident violent chez Mado il n'y a pas longtemps, une très jeune fille qui s'est fait massacrer par Lentin et ses copains. Ils avaient franchi la ligne jaune, et je sais que Katryn avait l'intention d'exploiter le filon. L'autre jour, elle avait rendez-vous à déjeuner avec Chardon pour ça.

– Vous le connaissez, ce Chardon ?

– Je l'ai rencontré plusieurs fois, sans plus. Je me méfie de ses plans.

– Où pouvons-nous le trouver ?

– Il habite pas loin de chez nous, 38 rue Philippe-Hecht.

– Donc, vendredi, elle avait rendez-vous avec Chardon. Ensuite ?

– On devait travailler ensemble le soir, on avait donc rendez-vous à l'appartement à 19 heures. Elle n'est pas venue. Je suis descendue au garage pour prendre ma voiture, et j'ai trouvé le mur couvert de sang, encore frais, et plus d'Austin. J'ai paniqué. Je sais que les protecteurs de Mado sont capables de tuer... (elle baisse le ton)... je sais qu'ils l'ont déjà fait... Je me suis sentie menacée parce que j'étais au courant des combines de Katryn. J'ai pris ma bagnole et je suis allée directement chez mes parents, sans repasser par l'appartement.

– Vous réalisez évidemment que vous auriez pu tuer vous-même Fatima Rashed, et que vous aviez un mobile pour le faire : elle vous piquait du fric, en somme. Et elle vous surveillait pour Mado.

– Oui, je comprends que vous le voyiez comme ça, mais je ne l'ai pas tuée. Et je ne crois pas que je sois capable de tuer qui que ce soit. (Après un silence :) J'ai peur, je suis lâche, fatiguée, et je voudrais changer de vie. Rentrer à Pithiviers, épouser un pharmacien, jouer au bridge et faire des enfants.

– N'hésitez pas. Vous ne serez pas la première pute à faire une fin bourgeoise.

Puis le chef de groupe se tourne vers ses inspecteurs :

– La priorité, c'est de trouver ce Chardon, par tous les moyens.

*

C'est l'heure de l'apéro dans le bureau de Mado, qui, en tailleur gris, bien coupé, très sobre, prépare des cocktails avec des gestes précis et économes. Elle tend à Bornand un verre de whisky sour, bien tassé. Il la remercie, et commence à boire à petites gorgées. Ici, des relations balisées, pas de surprise, pas de crises d'hystérie, le repos. Pour Cecchi, son mac, un homme grand et épais, aux cheveux gris plaqués, l'allure compassée d'un notaire de province, mais la mâchoire lourde, brutale, c'est une tequila avec une rondelle de citron. Et pour elle, une vodka orange très légère.

C'est Cecchi qui attaque :

– Katryn a été assassinée.

– Mado me l'a annoncé au téléphone. (Un long silence. Il se tourne vers elle.) Katryn fricotait avec un certain Chardon. Je ne sais pas si tu étais au courant ? (Mado et Cecchi échangent un regard.) Un petit journaliste qui a été inculpé de proxénétisme et joue les échotiers dans la presse plus ou moins à scandale. Ça n'est pas bon pour la réputation de ta maison.

– Je le connais, dit Cecchi, très sec. Il s'est toujours tenu à l'écart des filles de Mado, j'y ai veillé. Comment sais-tu qu'il était en affaires avec Katryn ?

– Chardon détient un dossier sur des ventes clandestines d'armes à l'Iran. Pas besoin de m'étendre là-dessus. Et il cherche à le vendre à la presse.

– Avis de tempête ?

– Disons gros coup de vent. (Il s'adresse de nouveau à Mado.) Vendredi dernier, j'ai envoyé Fernandez aux renseignements, derrière Chardon. Et il l'a trouvé en train de déjeuner avec Katryn dans une brasserie du XIXe. Je ne te cacherai pas que j'ai pensé qu'elle pouvait être son informatrice. Je l'ai beaucoup fait travailler avec les Iraniens.

– Et finalement ?

– Non. Depuis, j'ai eu le dossier en main. Trop bien documenté. Ça ne pouvait pas venir de Katryn.

Mado consulte Cecchi du regard, puis :

– Les flics de la Brigade criminelle ont entendu parler de ce Chardon. Ils le recherchent. Il serait le dernier à avoir vu Katryn vivante.

– Tu vas être informée régulièrement de leur enquête ?

– J'ai pris mes dispositions.

– Si tu apprends quoi que ce soit sur lui, je suis preneur. Il n'est pas possible qu'il soit tombé sur ce dossier par hasard. Je cherche tout ce qui pourrait me mettre sur la piste de ceux qui le lui ont fourni.

– Donnant-donnant, François, dit Cecchi. Nous ne voulons pas que le nom de Mado apparaisse dans la procédure.

– Ça, je m'en charge. Le procureur est un homme raisonnable, et un ami.

– Très bien. (Mado se lève, Bornand aussi.) Tu veux essayer la remplaçante de Katryn ? Une débutante. Tu pourrais l'aider de tes conseils, et me donner ton avis. Et puis dîner avec nous.

– Ta confiance m'honore, Mado. (Il lui prend la main, la retient un instant, se penche, l'effleure de sa moustache. Elle lui sourit.) Mais je ne peux pas rester. Je suis de permanence ce soir à l'Élysée.

*

Fin d'après-midi, grand beau temps frais à l'aéroport d'Halât, sur la route entre Beyrouth et Tripoli. Aéroport, c'est un bien grand mot, tout au plus deux larges et longues sections d'autoroutes transformées en pistes d'atterrissage, une tour de contrôle sommaire, des avions de taille variée, dans un beau désordre, des hangars qui foisonnent dans la plaine tout autour. Haut lieu de tous les trafics, sous contrôle des milices chrétiennes. Une camionnette, chargée de sacs, brinquebale jusqu'à un hangar de la Camoc dont la porte coulissante est ouverte, et s'arrête à l'intérieur. Le chauffeur et son aide commencent à décharger les ballots, des produits alimentaires qui doivent partir demain, à destination de la communauté libanaise de Sierra Leone avec une cargaison d'armes livrée par la Camoc. Au milieu des sacs, Moricet. À un signe du chauffeur, il se glisse dans le hangar, et se coule derrière un stock de palettes en bois. La camionnette repart. Moricet, allongé sur le dos à même le sol, se détend. Attendre, dormir un peu. La nuit sera longue.

Va-et-vient dans le hangar, les sacs sont emportés vers l'avion qui doit décoller demain matin. Il est vrai qu'il est plus facile d'assurer la surveillance d'un avion que d'un hangar, et si les Syriens ont dit vrai, il y a pas mal d'héroïne au milieu des pois chiches. Petit à petit, l'activité se ralentit, dans le hangar et au-dehors, puis cesse complètement. Moricet se rapproche de la porte. Il porte sous sa veste une ceinture pleine d'outils, et dans un étui sous le bras son revolver. Il fait sauter la fermeture de la porte, très rudimentaire. Entrouvre, regarde, écoute. La nuit est claire, peu de lumières. Des jeeps circulent à intervalles réguliers, mais surtout sur les pistes.

Il semble qu'il y ait à peu près une demi-heure entre deux passages. Plus que suffisant.

Une centaine de mètres à courir en terrain découvert pour atteindre les bureaux de la Camoc. Vérifie son matériel, son armement, sort, ferme la porte du hangar derrière lui, et court, plié en deux à tout hasard, ou par habitude. Un toit presque plat, à une seule pente. Saute, rétablissement, grimpe, se couche. Le plus gros risque est passé. Outils. Un trou dans la tôle en aggloméré, cisailles, découpe un carré, dégage les matières isolantes, fait glisser le faux plafond, saute à l'intérieur du bâtiment, et remet la tôle en place. L'alarme n'est branchée que sur les portes et les fenêtres. Sort un plan de sa poche, une torche électrique, se repère, et trouve directement le bureau du patron. Le long d'un mur, des casiers métalliques pleins de dossiers. Les serrures ne posent pas de problème. Il est minuit, Moricet est à pied d'œuvre.

Mardi 3 décembre

Moricet parcourt les différentes chemises des clients, classées par ordre alphabétique. Il trouve rapidement confirmation de ce que lui avaient dit les Syriens : beaucoup d'armes d'origine française et israélienne, retapées et adaptées pour les milices chrétiennes au Liban, la corne de l'Afrique, l'Afrique noire francophone, le plus gros client, et bien sûr en l'occurrence, le plus intéressant. Au centre du réseau, la famille franco-libanaise des Djimil. Sept frères, chiites, émigrés au début des années cinquante en Côte-d'Ivoire parce que les chrétiens tenaient tous les rouages au Liban. Ils se sont rapidement enrichis. L'un d'eux, installé en Sierra Leone, organise la contrebande du diamant, contrôle à peu près la moitié de la production du pays, et est aujourd'hui une des grandes fortunes de l'Afrique. Très religieux, il finance les œuvres de toute la communauté chiite en Afrique noire, et maintient des rapports étroits avec les ayatollahs et le régime iranien. Un autre frère, Mohamed Djimil, qui est resté en Côte-d'Ivoire, s'est spécialisé dans l'importation d'armes. Et peut-être aussi de l'héroïne qui voyage souvent avec, mais de cela, évidemment, aucune trace dans la correspondance de la Camoc. Des volumes importants d'armes, un avion-cargo de taille moyenne par semaine. Rien sur la destination finale, la Camoc ne connaît que Djimil, l'intermédiaire. Mais Moricet voit bien le circuit : les mercenaires français, les guérillas africaines, les gardes présidentielles et dans le prolongement, l'Afrique du Sud, toujours sous embargo. Et là, évidemment, qui dit Afrique francophone dit qu'on n'est pas bien loin des réseaux du RPR. D'ailleurs, il est de notoriété publique que le Djimil de Côte-d'Ivoire finance régulièrement les campagnes électorales de ce parti. On peut penser légitimement qu'il y a là une piste sérieuse. Mais en même temps, est-ce vraiment neuf? Ce n'est qu'une confirmation de ce que l'on pouvait supposer dès le départ. Enfin, Bornand veut des noms, je peux toujours lui donner ceux-là, ils sont crédibles. Après, c'est à lui de se débrouiller, j'ai rempli mon contrat. Il est deux heures du matin, l'aéroport est très calme, autant continuer à fouiner.

Dossier suivant, une réponse d'Aurelio Parada, Brésil. Oui, il dispose bien de trente-trois jouets de taille et de qualité supérieures, d'origine française, en état de marche, en provenance de l'armée argentine. Des Exocet, pense Moricet. La Camoc passe à la vitesse supérieure. Dans le même dossier, Mohamed Djimil confirme à la Camoc qu'il est preneur des trente-trois jouets en question, et verse immédiatement la caution convenue en dollars sur le compte de la Camoc à la Financière de Genève. Enfin, Parada annonce l'embarquement des jouets à destination des Comores, le 15 novembre 1985. Là, Moricet a un coup de chaleur. Comores, Denard, mercenaires français d'Afrique noire, Djimil, on peut parier que les Exocet finiront à Téhéran. L'ouverture d'une nouvelle route d'approvisionnement en armes pour l'Iran, ça, c'est une information. Et la Camoc joue un rôle dans l'opération. Manœuvre politique? Bornand en pensera ce qu'il voudra, pas mon problème.

Qu'est-ce que je fais? J'emporte les documents et je me tire, ou j'embarque le patron, comme je l'avais prévu? Il est 4 heures du matin. Décide de rester. Empile les dossiers qui l'intéressent dans un sac en plastique, traîne une chaise à côté de la porte, de façon à être masqué par le battant quand il s'ouvrira, sort de sa ceinture son arme, la pose sur ses genoux, appuie la tête contre le mur, et s'assoupit.

À 8 heures, un peu d'agitation dans les bureaux, modérée, on n'est pas matinal dans le coin. Moricet, à l'affût, pose son pistolet à terre. La porte s'ouvre, un homme entre, Moricet ferme la porte d'un mouvement du corps, bloque l'homme par-derrière en l'étranglant, assez fort pour l'empêcher de hurler, de sa main libre, une piqûre dans la fesse. En deux ou trois secondes, le corps devient flasque, Moricet relâche sa prise, l'homme s'effondre, Moricet vérifie qu'il s'agit bien de de Lignières, le patron de la Camoc, yeux révulsés, visage mou. Il se pique à l'héro, ont dit les Syriens. Pourvu qu'il ne calanche pas tout de suite. Remet son pistolet dans sa ceinture d'où il sort un très grand sac plastique solide, glisse le corps dedans, pas facile, flasque et lourd, faire vite, y ajoute les documents, ferme le tout avec un clip. S'approche de la fenêtre, l'ouvre, regarde. À trois cents mètres de là, moteurs en marche au ralenti, le petit jet de son équipe. La seule difficulté est de sortir du bureau par la fenêtre sans se faire repérer. Dispose d'environ vingt minutes. Prend son temps pour examiner les allées et venues. Pose le sac en travers de la fenêtre, saute dehors, violent effort, charge le sac sur son épaule. Dans l'avion, son équipe doit être prête à intervenir. Il ne se passe rien. Il se dirige en sifflotant vers l'avion. Pesant, le sac. Sans encombre. Monte dans l'avion, jette le sac, regarde sa montre : dix minutes, je suis large.

Décollage. De Lignières, assis dans un fauteuil, se réveille, plutôt péniblement, en état de choc. Moricet, appuyé sur un siège en face de lui, lui tend une bouteille d'eau. Il boit, s'asperge.

– Je vous explique la situation. Je travaille pour la SEA, qui a mal pris la disparition de son avion à destination de Téhéran.

De Lignières, hébété, a l'air de ne pas comprendre.

– La SEA accuse la Camoc d'avoir joué un rôle dans l'affaire.

De Lignières secoue la tête énergiquement. Impossible.

– Attendez. Je vous donne d'abord la règle du jeu. En ce moment, nous tournons en rond au-dessus de Beyrouth. Vous répondez à mes questions de façon convaincante, nous vous ramenons à Halât, et on ne se revoit plus. Sinon... Je vous embarque jusqu'à Paris, où un comité d'accueil vous attend. J'y vais?

Signe de tête.

– Les Exocet brésiliens, c'est pour l'Iran?

Haut-le-corps.

– Je n'en sais rien. (Une voix complètement cassée.) Pour moi, je n'ai qu'un seul client, celui qui paye. Et ce ne sont pas les Iraniens...

Moricet se penche, lui enfonce un doigt à un point précis du sternum. L'homme, souffle bloqué et douleur irradiante jusqu'à la nuque, n'a aucune réaction de défense, il est lessivé.

– Je repose ma question autrement. Dans cette affaire, les Djimil travaillent pour qui? L'Iran?

– Je pense que oui, mais je n'en suis pas sûr.

Moricet relâche la pression.

– Voilà qui est mieux. Expliquez.

– Nous avons envoyé une équipe à Téhéran, pour réceptionner la livraison de la SEA. Les Iraniens lui ont demandé de rester pour adapter des Exocet qui doivent arriver d'un jour à l'autre. Ça ne peut être que ceux-là. Il n'y a pas tant d'Exocet en libre circulation.

Ça sonne juste.

– Et vous avez donné aux Djimil quelques tuyaux sur les livraisons de la SEA pour leur permettre d'éliminer un concurrent.

– C'est absurde. Comment voulez-vous?... Je ne sais rien sur cette livraison. Ni le nom de la compagnie qui effectue le transport, ni les dates, ni l'aéroport de départ, rien... La seule chose que je connaisse, moi, c'est ce qui se passe à Téhéran.

Ça sonne encore juste. Moricet se redresse. Je me mouille pour Bornand, et il m'envoie dans un cul-de-sac. Beyrouth, j'y travaille. Pas le droit de me planter. J'efface les traces de mon passage à la Camoc, et je lui donne le nom des Djimil. Qu'il se débrouille. Il fait signe à deux hommes assis au fond de l'appareil, et passe dans le cockpit. Les deux hommes s'approchent, soulèvent de Lignières chacun par un bras, le traînent pantelant vers le milieu de l'appareil, ouvrent la portière, et le poussent. La Méditerranée est d'un bleu violent, deux mille mètres plus bas.

*

Au 38 de la rue Philippe-Hecht, le pavillon est fermé, pas de rideaux devant les fenêtres, aucun signe de vie. Les flics de la Criminelle tournent dans le quartier, de pavillon en pavillon.

– Bien sûr, tout le monde connaît Chardon, pour l'avoir croisé régulièrement, mais bonjour, bonsoir. Vous devriez demander à Mme Carvalho, elle fait le ménage chez lui, elle est concierge dans un immeuble, au bas de la butte.

Une femme énergique, qui, pour des raisons sans doute très personnelles, ne semble pas porter la police dans son cœur.

– Et puis là-haut, on est entre nous, c'est un peu une famille, on n'aime pas trop être dérangé. Oui, elle passe tous les matins de la semaine faire le ménage chez M. Chardon. Non, elle ne sait pas où il est.

– Quand l'avez-vous vu pour la dernière fois?

– Vendredi matin. Il était en train de prendre un bain, quand je suis arrivée chez lui. Ensuite, il est sorti pour déjeuner. J'ai fini de ranger. Et lundi, la maison était exactement dans l'état où je l'avais laissée vendredi. Sauf une tasse à café sale dans l'évier, que j'ai lavée.

Un inspecteur lui montre une photo de Fatima Rashed.

– Vous avez déjà vu cette femme?

– Non, jamais.

– Elle aurait pu venir sans que vous la remarquiez?

– Je ne suis pas tout le temps là-haut.

– Cette jeune femme est morte assassinée vendredi. Et Chardon est le dernier à l'avoir vue vivante.

Mme Carvalho ne dit rien, visage fermé.

– Pourriez-vous nous accompagner au pavillon, pour que nous y jetions un coup d'œil?

– Vous avez des papiers pour ça?

– D'accord. Nous reviendrons demain matin. 8 heures devant le 38. Soyez-y pour assister à la perquisition. Et d'ici là, prévenez-nous immédiatement si Chardon réapparaît. Au revoir, madame.

Le chef de groupe passe au commissariat du XIXe.

– Cet après-midi, réunion dans le bureau de la juge d'instruction chargée du dossier, au Palais. Elle aimerait que vous y assistiez, Bonfils.

Puis, sur le ton de la plaisanterie, en se tournant vers Noria :

– On a retrouvé l'adresse de Chardon, l'homme qui déjeunait à la brasserie avec Rashed. Il habite à deux pas d'ici, 38 rue Philippe-Hecht. Il semble avoir disparu. Si vous le retrouvez, soyez gentille, faites-nous signe...

*

Il est une heure moins le quart. Tardivel sort de chez lui, rue de Marignan, une adresse prestigieuse, à deux pas de chez Mado, descend la rue vers l'avenue Montaigne et la place de l'Alma, il a rendez-vous pour déjeuner chez Marius et Jeannette. Il marche tranquillement, la cinquantaine, un corps long et mou, des cheveux blonds rares, un visage terne aux traits pointus, lunettes rondes. Pour la première fois depuis longtemps, il se sent détendu, il sort d'un cauchemar. Chardon, photos, adolescents, chantage, et samedi dernier, enfin, les originaux par la poste. Alors, il a osé, hier, reprendre contact avec son intermédiaire, rendez-vous dans quelques minutes pour déjeuner. Il a choisi un bon restaurant, près de chez lui, sur ses notes de frais, et ce soir peut-être... La vie reprend des couleurs.

Sur le même trottoir, Fernandez marche avec allégresse, le sourire aux lèvres, à sa rencontre, l'œil fixé sur la grosse berline aux vitres teintées qui s'approche lentement. Quand elle est à hauteur de Tardivel, Fernandez presse le pas, ouvre la portière arrière, le pousse dans la voiture d'un coup d'épaule, s'engouffre derrière lui et claque la portière. La berline repart sans hâte. Aucune réaction sur le trottoir. Pas la même histoire à l'intérieur de la voiture. La première seconde de surprise passée, Tardivel se retourne, essaie d'ouvrir sa portière, bloquée, agrippe le cou du chauffeur, en protestant violemment. Avant de s'immobiliser. De nouveau, le cauchemar. Collée sous son nez, sur le dossier du siège du chauffeur, la photo qu'il connaît bien, lui en train d'enculer un très jeune adolescent, et un môme assis sur le sol, nu, regarde, désespéré, vers l'objectif. Fernandez rit.

– Alors, petit pédé, on se calme, on dirait. (Lui caresse la nuque, les muscles sont tétanisés.) On devient raisonnable, c'est bien, bonhomme. (Tardivel est livide, un peu boursouflé, la respiration suspendue, sans un geste de défense.) Chez tes amis « Travail-famille-patrie », une photo comme ça, ça ferait un peu désordre, tu ne crois pas?

Une voix éraillée :

– J'ai déjà payé.

Fernandez accentue sa caresse.

– Je sais et je m'en fous.

La berline, à petite vitesse, atteint la place de l'Alma, prend les quais de la Seine, en direction de la porte de Saint-Cloud.

– Ton journal a reçu hier un dossier sur l'avion qui s'est cassé la gueule au-dessus de la Turquie...

– Je n'en sais rien, je n'en suis pas chargé.

Fernandez resserre brutalement sa prise sur la nuque de Tardivel, qui gémit, cogne violemment la tête contre le montant de la portière ; les lunettes volent, il les écrase d'un coup de talon.

– Tu vas te débrouiller pour t'en charger, du dossier. Et prendre ton temps pour vérifier les informations. Tout ton temps. Parce que le jour où le dossier sort dans ton torchon, j'envoie cette photo à tes amis, et aux miens par la même occasion.

Tardivel, la tête qui bourdonne, des points lumineux devant les yeux, se sent partir. Fernandez lui cogne encore une fois la tête contre la portière.

– Pour le plaisir, dit-il avec un vrai sourire. Tu as entendu, pédé ? Réponds.

– Je le ferai.

Fernandez le relâche, regarde sa montre. À peine treize heures. Plaisant, mais pas difficile. Il faudra en rajouter un peu pour amuser Bornand. Il se penche vers le chauffeur, toujours imperturbable.

– Fais demi-tour, on va le déposer à son rendez-vous.

– Non, s'il vous plaît, laissez-moi là.

– Comme tu veux.

La voiture s'arrête. Fernandez sort, lui tient la portière, et quand il se redresse, le frappe à la pointe du menton, mi-bourrade, mi-coup de poing.

– Ne m'oublie pas, petit pédé.

*

Noria quitte le commissariat du XIXe en début d'après-midi. Récupération, annonce-t-elle. Rue Philippe-Hecht, le quartier des grand-mères maquerelles et des gamins artificiers, une aubaine.

Le restaurant de Mme Aurillac est désert à cette heure-ci. Toute seule à une table, elle fait des réussites en buvant de la Suze. Très aimable, Mme Aurillac.

– Asseyez-vous, je vous sers un café... Les pétards se sont calmés après votre passage. Les gamins sont encore là, bien sûr, bruyants... M. Chardon, rue Philippe-Hecht ? (Le visage se ferme.) Non, je ne le connais pas. Jamais venu au restaurant.

Noria ressort avec le goût amer du café dans la bouche. Entre maquerelle et maquereau... Marche dans les ruelles. Sur un long trottoir désert, quatre gamins se lancent à tour de rôle sur une planche à roulettes. Eux. Jour de chance. Noria s'arrête et les regarde. Pas vraiment experts, mais ça n'empêche pas de frimer. L'un d'eux ramasse la planche, marche vers elle, grand sourire, s'arrête à deux pas.

– Bonjour la meuf keuf. Qu'est-ce que tu traînes par ici ?

Les autres gamins font cercle. Petits caïds, comme tous ceux qu'elle a haïs pendant toute son enfance.

– Salut, Nasser. (Le cercle se resserre.) Je suis venue discuter avec ta copine, la patronne du restaurant.

Nasser dresse un doigt vengeur. Noria s'assied sur une borne.

– L'un de ses grands amis, Chardon, qui habite dans le pavillon en briques, là, au 38, est soupçonné d'avoir assassiné une femme, Fatima Rashed...

Noria s'arrête, les regarde. Ils sont attentifs. Un assassinat, ça le mérite. Et puis, Fatima Rashed... Ce sont des gamins, ne fais pas dans la dentelle.

– ... Fatima Rashed était ma cousine.

L'effet est immédiat.

– Ta cousine ? Ta famille ?

– Exactement. Je ne suis pas sûre que Chardon soit l'assassin, mais je voudrais lui poser des questions. Il a disparu. Et la patronne sait où il est, mais elle refuse de me le dire. Je te cherchais parce que peut-être que toi, tu l'aurais vu, ces derniers jours ?

Coup d'œil à la bande. Accord tacite.

– Vendredi, le jour où il a neigé. Vers quatre heures et demie-cinq heures. On se battait dans la neige. Le type était debout devant sa porte, il attendait.

– Au 38?
– Oui, là. Une Austin rouge est venue le chercher...
– Une Austin?
– Oui, la caisse à savon sur roulettes. Il est monté à côté du type...
– Ce n'était pas une femme qui conduisait?
– Non, justement, un mec, dans une voiture pareille, un vrai bouffon.

La nuit est tombée. Le froid humide coule de la masse sombre du parc des Buttes-Chaumont, ponctuée de quelques halos de lumière orangée. Un peu plus loin, la rue des Pyrénées est très animée. Noria la remonte en marchant lentement, avec, dans la poitrine, cette sensation si nouvelle de détente, de bien-être, seule au milieu de la foule des passants qu'elle dévisage. Il y a un deuxième homme, c'est peut-être... vas-y, ose, c'est probablement celui qui suivait Rashed et Chardon à la Brasserie des Sports. À l'heure où il embarque Chardon, Rashed est vraisemblablement déjà morte. Complice de Chardon? Assassin de Rashed? Assassin des deux? Il y a un deuxième homme, et je suis seule à le savoir. Pas pressée de rentrer.

L'abribus, une poche de lumière. Noria s'arrête net. En face d'elle, une affiche, un homme, plus grand que nature, de face, torse nu, les fesses appuyées sur le bord d'un meuble, slip noir et blanc, collant et gonflé, le visage un peu flou, le profil penché vers le côté gauche, yeux baissés, vaguement absent, soumis, offert. Bonfils. Surprise totale. Une hallucination? Bonfils ou pas Bonfils? Hésite, et n'arrive pas à détacher son regard. Se laisse aller, avec plaisir. La photo est superbe, avec l'acuité du noir et blanc. Les muscles du torse, du ventre, saillants, précis, vivants, envie de suivre du doigt les contours, de frôler la peau lisse. Attirant, le creux de l'aine, juste esquissé. Un coup de chaleur, par surprise. Elle appuie la paume de ses mains sur la vitre, à hauteur des seins, et laisse deux traces humides. Les trois femmes qui attendent le bus la regardent faire, ahuries. Noria leur sourit, et reprend sa route. Revoit Bonfils, cigarette au bec, « Vous n'apprendrez pas grand-chose en me regardant faire. » Ça dépend.

*

Bonfils et l'équipe de la Criminelle se retrouvent à la Brasserie des Deux Palais, et montent ensemble dans le bureau de la juge Luccioni, chargée de l'instruction sur le meurtre de Fatima Rashed. Pas une marrante, dit le chef de groupe. Des couloirs, des escaliers, une porte. Un petit bureau encombré et médiocrement éclairé. Une grande femme se lève, très mince, maigre même, un visage marquant, anguleux, grands yeux vert-bleu très pâle, nez saillant, pommettes hautes, cheveux noirs coupés sous l'oreille. Elle porte un chemisier de soie et une jupe fluide grise mi-longue, fendue sur le côté, qui allonge encore sa silhouette. Elle regarde ostensiblement sa montre.

– Je vous attendais, messieurs. (Leur désigne trois chaises.) Asseyez-vous.

Elle cultive le genre glacial avec talent et sent la menthe, se dit Bonfils, subitement intéressé.

Le dossier Fatima Rashed est ouvert sur son bureau. Le chef de groupe reprend l'état civil de la jeune femme, née à Alger en 1958, obtient un visa de tourisme de trois mois pour la France en 1978, où elle se rend seule. Et y reste. (La juge coche au fur et à mesure sur son dossier.) Régularisée en 1980, et naturalisée française en 1983.

La juge lève le nez :

– L'administration n'est pas toujours aussi rapide. Je suppose que le dossier a été chaudement recommandé...

– C'est de l'ordre du possible.

– À tout hasard, essayez de savoir par qui. Continuez.

– Fatima Rashed était célibataire, et demeurait 37-39 avenue Mathurin-Moreau, Paris XIXe. Assassinée dans son parking le 29 novembre, entre 14 et 17 heures, d'une seule balle dans la gorge, qui est ressortie par la nuque. Mort immédiate. La balle a été retrouvée, et est actuellement en cours d'analyse au labo.

– Je vois là qu'il s'agit d'une cartouche de 357 magnum. C'est un calibre qui équipe la police française ?

– Effectivement. Mais c'est un calibre assez courant. (Un temps.) Le meurtre a eu lieu au cours d'une bagarre, semble-t-il : la victime était blessée aux doigts et aux paumes des mains, avait un gros hématome sur le bras droit, et avait vraisemblablement mordu son agresseur. (La juge prend des notes en marge de son dossier.) Le cadavre a ensuite été jeté sur le parking en plein air du Zénith, dans le parc de la Villette. Nous avons retrouvé hier et interrogé au siège de la brigade la jeune femme qui partageait l'appartement de Rashed, Marie-Christine Malinvaud. D'après elle, elles travaillaient toutes les deux dans le réseau de call-girls de Mado.

– Ce qui correspondrait aux fiches de paie de la société Cominter ?

– Exactement. Nous avons vérifié son compte bancaire, et ses rentrées régulières correspondent bien aux fiches de paie.

– Peut-on retrouver cette société ?

– J'en doute. Son siège social est aux Bahamas. (Un temps.) Ni Malinvaud ni Rashed n'ont de fiches aux Mœurs...

– Connaissant les Mœurs, cela va de soi.

(Un temps. Froid.)

– Je continue, madame ? (Elle lui fait signe de la main.) Toujours d'après sa colocataire, Rashed aurait participé à des opérations de chantage avec un journaliste qui s'appelle Chardon. Chardon a été condamné à deux ans de tôle en 1980 pour proxénétisme, il semble bien avoir participé à quelques chantages auprès de personnalités et d'hommes politiques, et nos collègues des RG nous ont signalé qu'ils l'utilisaient parfois comme indic rémunéré.

– Ce dernier point ne figure pas dans le dossier.
– Par précaution, madame.
– De qui vous méfiez-vous, inspecteur ? De moi ? Des juges en général ? Je prends la responsabilité d'inscrire dans le dossier que Chardon émarge aux RG.
Le chef de groupe soupire et enchaîne :
– Nous nous sommes rendus ce matin au domicile de Chardon. Il semble l'avoir quitté le jour du meurtre, et ne pas y être revenu depuis. Par ailleurs, nous avons montré ses photos aux témoins, c'est bien lui qui déjeunait avec Rashed le jour du meurtre. Nous interrogeons son voisinage, nous recherchons sa famille, une éventuelle automobile... Ça n'a rien donné pour l'instant. Pour nous, Chardon est le principal témoin, pour ne pas dire le suspect numéro un. Et nous pensons continuer en perquisitionnant chez lui, et en enquêtant dans les différents journaux auxquels il a collaboré.
– D'accord. Je vous fais une commission rogatoire. Dites-moi, je vois dans le dossier que, d'après le témoignage de Malinvaud, une très jeune fille se serait fait violenter chez Mado et que cela pourrait avoir un rapport avec le meurtre. Vous avez une idée de la façon d'aborder cet aspect du dossier ?
– Non madame, pas pour l'instant.
– Je résume. Rashed, Chardon, vous continuez dans les directions que vous m'avez indiquées. La Cominter, je vais consulter la Brigade financière. Par ailleurs, j'ai pris contact avec Madeleine Prévost, dite Mado, et je lui ai demandé de l'entendre à titre de témoin dans l'affaire du meurtre de Fatima Rashed. (Elle laisse le silence s'installer.) Vous avez une fiche sur elle ?
Le chef de groupe se décide finalement à répondre :
– Mado, madame, nous la connaissons tous. Plusieurs commissaires, et non des moindres, ont leurs habitudes chez elle. Elle émarge aux Mœurs et aux RG. Elle est subventionnée par le ministère des Affaires étrangères. Elle est

protégée par toute la classe politique, de gauche comme de droite. Mado, c'est une institution républicaine depuis une quinzaine d'années. Elle aura la Légion d'honneur avant moi.

– Je vois. Elle m'a répondu qu'elle n'avait rien à faire dans cette histoire, rien à dire de façon générale, et elle a précisé : rien à dire aux juges, en aucune circonstance. Est-ce un comportement habituel à l'égard des juges chez ceux qui émargent aux RG ?

– En un sens... C'est ce qui va rendre cette affaire assez difficile.

– Une prostituée et une proxénète protégées par la police, un suspect qui émarge aux RG, un meurtre commis avec une arme qui peut être une arme de service... Vous ne trouvez pas, inspecteur, que cette affaire risque de sentir mauvais ?

Le chef de groupe (sale garce, tu crois que je ne le sais pas), visage fermé, ne répond rien. Bonfils apprécie le spectacle. La juge conclut :

– Je me charge de Madeleine Prévost.

Puis elle se tourne vers Bonfils et lui sourit. Un superbe sourire. Le visage change, les traits durs s'estompent, les lèvres sont très belles, charnues. Une femme sensuelle sous la glace. Bonfils commence à bander.

– Je vous ai demandé de venir parce que je tenais à vous remercier personnellement pour votre contribution à l'enquête. Remarquable, l'identification de la victime.

Remarquable, c'est vrai, mais je n'y suis pour rien, et je ne vais pas lui dire. Il lui rend son sourire.

– Merci, madame.

Les flics traversent le boulevard, et vont boire un coup à la brasserie des Deux Palais, en parlant de choses et d'autres, mais surtout pas de la réunion qui vient de se dérouler. Le chef de groupe réserve ses commentaires à son équipe. Bonfils se sent déjà ailleurs, de retour dans le XIXe, et ça ne l'enchante pas. Quelques minutes plus tard, sur le trottoir d'en face, la juge sort du Palais et se dirige vers le Quartier latin.

– Si elle s'attaque à Mado, elle ne s'en tirera pas, dit le chef de groupe.

Bonfils paie son pot, salue et s'en va. En pressant le pas, il rattrape la juge sur le pont Saint-Michel. Elle marche très droite, à grands pas. Sa redingote noire descend jusqu'aux pieds, raide, stricte, et bat en rythme sur ses bottes. Autour du cou, une grosse écharpe de laine blanche lui cache le bas du visage. Elle est tête nue, complètement absente à tout ce qui l'entoure, passants, voitures, embouteillages. Bonfils accorde son pas au sien, hypnotisé par le balancement des hanches, régulier et précis comme un métronome. Elle prend le boulevard Saint-Michel, sur le trottoir de droite, le moins fréquenté. Bonfils se laisse remorquer, entre jeu et désir. Elle longe le mur du lycée Saint-Louis, gris et austère, ça lui va bien, le pas toujours rapide. Le boulevard grimpe. Bonfils rêve à la moiteur du cou sous l'écharpe, il franchit le regard de glace, passe les doigts dans les cheveux humides, déclenche le sourire éclatant. Elle tourne à droite, longe le jardin du Luxembourg, désert à cette heure-ci, souffle de vent froid. Bonfils la laisse s'éloigner. Elle traverse la rue d'Assas et entre dans le hall d'un immeuble très moderne, tout en verre. Arrêté de l'autre côté de la rue, il la voit de profil, prendre son courrier dans la boîte à lettres, puis elle lui tourne le dos, appelle l'ascenseur, attend, disparaît. Il entre dans le hall. Elle est montée au huitième étage. Il respire une vague odeur de citron vert, et de menthe fraîche qui se dissout. C'est fini.

Mercredi 4 décembre

Dès 8 heures du matin, l'équipe de la Crim retrouve devant le pavillon de Chardon la concierge, toujours aussi méfiante.

Non, elle ne l'a pas revu. Elle ouvre la porte. La maison, impeccablement rangée, sent l'inhabité. Les flics hésitent un instant dans l'entrée, puis un groupe attaque le rez-de-chaussée, garage, débarras, atelier, tandis que l'autre commence par la chambre, au deuxième étage, accompagné par la concierge.

Moquette bleue, un lit deux places recouvert d'une couverture sicilienne bleu et blanc. Les flics défont le lit, secouent les draps et oreillers, retournent le matelas, dont rien n'indique qu'il ait été ouvert ou trafiqué. La concierge se précipite pour ranger derrière eux.

Un mur occupé par des armoires : vêtements, pas de places manifestement vides, des vêtements confort, chers, sans plus. Dans la poche d'un pantalon de velours, une feuille blanche pliée en quatre, un papier à lettres à en-tête d'une entreprise : la SEA, matériel électronique, couverte de chiffres et d'opérations dans le plus grand désordre. Dans un coin de la page, encadrées, deux lignes : Bob-750 et en dessous : C-200. C : peut-être Chardon ? On embarque.

Une étagère basse contient des livres, quelques Gérard de Villiers, deux John Le Carré, des livres de voyages et des mémoires sur l'Afrique, un gros volume sur l'histoire de l'Afrique du Sud. Une trentaine au total, rien entre les pages. Sur le dessus de l'étagère, une petite télévision, une radio. Au mur, une superbe collection de masques africains. Pas de photos, pas de lettres, pas de lingerie féminine, pas d'objets personnels.

– Drôle de chambre, plutôt calme pour un mac.

La concierge est scandalisée.

On passe dans la salle de bains attenante. Carrelée blanc. Hygiénique. Produits de toilette soignés, sans recherche excessive. Savon liquide, bain moussant, eau de toilette pour homme, après-rasage, versés dans le lavabo, rien à signaler. Rasoir électrique, une seule brosse à dents. Dans une petite armoire, quelques médicaments très courants, dont certains périmés. Accrochés à la porte, un peignoir et un pyjama.

– Incroyablement popote, notre client. On commence à s'emmerder.

Puis le bureau. Là, c'est plus intéressant. Un secrétaire Louis XV en marqueterie. Un beau meuble, remarque un flic, qui ouvre l'abattant. À droite, quelques feuilles manuscrites, on embarque. À gauche, dans des chemises cartonnées, des factures ou des tickets de Carte bleue : vêtements, bouffe, un bijou de chez Cartier à soixante mille francs. Peut-être la perle que portait Fatima Rashed quand elle a été assassinée? On vérifiera. Des relevés de banque. Carnets de timbres, enveloppes, un tiroir plein de feutres, Bic, un stylo Montblanc, une bouteille d'encre. Un carnet d'adresses qui ne semble pas lui appartenir, et un trousseau de clés qui n'est pas celui de son appartement. On prend. Et un dossier salaires, avec le règlement des différentes piges qu'il donne aux journaux.

– Très à jour, remarque un flic.

Il en désigne une du doigt. La SPIL, la société qui édite *Le Bavard Impénitent*. Feuillette la pile. Un informateur régulier, en plus. C'est amusant. Un canard qui n'arrête pas de nous emmerder. On va se débrouiller pour le faire savoir. En attendant, on prend.

À côté du secrétaire, une photocopieuse. Contact. Elle marche, et la réserve de papier est pleine. Sur une table près de la fenêtre, une machine à écrire, parfaitement rangée, un téléphone, et un répertoire téléphonique. On embarque aussi.

Le living, au premier étage. Rapide, peu de meubles. Et la cuisine, placards, provisions, casseroles, poubelles, rien de notable.

Ils se retrouvent tous dans l'entrée. Butin : quelques papiers qu'il faudra étudier à tête reposée, mais apparemment rien de bouleversant. L'atelier photo est vide et net. Bien sûr, il a toutes ses archives en sécurité. Où? Du travail en perspective. Les toilettes du rez-de-chaussée sont ouvertes. Propres, avec une très vieille chasse d'eau, en fonte, vase en hauteur.

– Des années que je n'en avais pas vu de ce type, dit un inspecteur. Quand j'étais môme, nous avions une chasse d'eau comme ça, et ma mère y mettait la morue à dessaler...

Il grimpe sur le siège, passe la main dans la réserve d'eau, sent une bosse, force et sort un paquet soigneusement enveloppé dans des feuilles de plastique, le pose sur la table de l'atelier, tous les flics en rond autour. Incision bien propre, goûte à la pointe du couteau : héro.

– Ça change le tableau ?

– Pas forcément.

Mais ça change radicalement le point de vue de la concierge sur Chardon.

*

Fernandez entre dans le bar, chez Mado, un poids sur la poitrine. Cecchi l'a convoqué. Il est là-bas, Cecchi, au fond, il l'attend assis à une table basse, ronde, ça fait sans doute plus convivial, accompagné de son chauffeur et d'un homme de main, massifs, en costume sombre, et ça franchement, ce n'est pas bon signe. Leur présence suggère plus un lynchage qu'une négociation. Fernandez s'assied, Cecchi commande des whiskys pour tout le monde. Puis il attaque tout de suite :

– Il y a eu une perquisition ce matin, ici même, dans toute la maison. C'est contraire à nos accords.

– Bornand s'en est occupé. La procédure de dessaisissement de la juge qui a perquisitionné sera engagée dès cet après-midi.

– (Soupir.) Ça vaut mieux pour tout le monde. Parlons d'autre chose. (Fernandez attend.) Tu as assassiné Katryn, mon petit Fernand. Une fille à moi. (Fernandez, enfoncé dans la banquette, la boule d'angoisse dans la gorge, incapable de dire un mot, fixe Cecchi.) Ton patron ne sait pas te tenir. La cocaïne te perdra. Quand tu travailleras pour moi, si tu remets le nez dedans, tu prendras la correction de ta vie.

La coke, la soirée chez Mado, la femme à poil aux cheveux noirs, et puis le trou complet. Et Cecchi qui reprend :

– L'autre soir, tu étais dans le coltar. Mado n'a pas eu besoin de te pousser beaucoup pour que tu lui racontes tout. Pas difficile de mettre la Criminelle sur ta piste. Ou d'informer Bornand.

Au bord de la nausée, le parking, la fille qui hurle, la nuque qui éclate repassent en boucle au rythme des battements de cœur. Cecchi se penche vers lui :

– Tu m'appartiens maintenant. Tu comprends ça? Réponds.

Je n'ai plus aucun contrôle. Je cours pour survivre. Tout seul. Les RGPP, flics entre eux, un paradis perdu.

– On dirait.

– Sage, c'est bien. Qu'est devenu Chardon?

C'est un piège? Pense vite, ne te laisse pas aller. Il ne peut rien savoir, limite les dégâts, on verra plus tard.

– Je n'en sais rien. Katryn et lui ont déjeuné dans une brasserie du XIXe, ils se sont séparés, j'ai suivi Katryn. (Un temps.) Bornand pensait qu'elle pouvait être à l'origine du dossier Chardon. (Cecchi acquiesce.) Je l'ai menacée, pour l'impressionner, elle s'est débattue et le coup est parti.

Cecchi réfléchit quelques instants. Ça lui paraît coller. Quand la police retrouvera Chardon, il sera le premier informé, et on avisera. En attendant, il ne va pas pleurer sur une fille qu'il aurait de toute façon dû casser à partir du moment où elle travaillait avec Chardon. Ce qui semble avéré.

– Parlons affaires. Je veux obtenir mon autorisation pour rouvrir le Cercle de jeu du bois de Boulogne. Et vite. Avant les élections de mars, parce que tes amis socialistes vont les perdre, et qu'il faudra tout recommencer.

– Bornand n'a pas d'amis ni de relais au ministère de l'Intérieur.

– Je compte sur toi pour trouver des arguments pour qu'il s'en fasse. Ce dossier dont il a si peur, tu sais ce qu'il y a dedans ?

– Oui, je l'ai lu. Des ventes de missiles à l'Iran. Clandestines. Il a mis les fournisseurs et les clients en relation, mais son nom n'apparaît nulle part. Peut-être imprudent, mais je ne vois pas un danger mortel pour lui là-dedans.

– Tu peux me le procurer, ce dossier ?

– C'est difficile. Mais il est parvenu à la rédaction de *Combat Présent*.

– Alors je m'en charge. Pour le reste, tu as carte blanche, tu connais mieux Bornand et ses combines que moi. Avec obligation de résultats.

Déjà entendu ça quelque part.

– Je trouverai.

– Tu n'as pas le choix.

Fernandez, les mains croisées entre les genoux, regarde les deux porte-flingue, immobiles, le visage fermé. Pas ça. Pas cette vie-là. Devant sa gueule décomposée, Cecchi rit :

– Il n'y a pas que le bâton. Il y a aussi la carotte. Si j'ai l'autorisation, j'efface ta dette, et je te prends avec moi au Cercle. Par les temps qui courent, ça sera plus sûr que l'Élysée, crois-moi.

Jeudi 5 décembre

Bornand arrive avant sept heures à Lamorlaye, et se gare à proximité des pistes d'entraînement. Avant même de voir les galopeurs, on les entend, un martèlement dissymétrique et sourd qui résonne au fond de la poitrine, en rafale, à intervalles réguliers, derrière le rideau d'arbres. Bornand a arrêté sa Porsche, et vitres baissées, yeux clos, il écoute, la gorge nouée. Passage de l'autre côté du miroir. Plus rien n'a d'importance que le rythme des galops, qui règle celui du cœur. Un avant-goût de la course. Aucune émotion n'est comparable à l'excitation qu'il ressent quand, dans les derniers cents mètres d'un peloton lancé à pleine vitesse, il voit son cheval accélérer encore, se détacher irrésistiblement, ou gagner centimètre par centimètre, pour venir pousser ses naseaux en tête sur la ligne d'arrivée. L'impression d'éclater de l'intérieur, une béatitude de fin du monde. Bornand se souvient d'avoir pleuré à la première victoire de l'un de ses poulains. Une place de deuxième, c'est déjà le malheur.

Il se secoue, enfile des bottes de caoutchouc sur son pantalon de ville, une canadienne, et rejoint à pied, à travers bois, la piste des Aigles. Il débouche sur une clairière sablée, quatre chevaux tournent en rond au pas, montés par des lads casqués. Grandes foulées, encolures tendues, muscles secs et longs sous les robes lustrées, à peine sur l'œil. Élégants. Tous les quatre. Et presque jumeaux. Bornand repère immédiatement son poulain, Crystal Palace, bai brûlé, petite pelote en tête, qui marche avec une distinction précieuse. Il se souvient précisément de chacun des galopeurs qu'il a possédés. La couleur de leur robe, leurs marques, leur style, leurs manies, et le déroulement de chacune des courses auxquelles il a pu assister, dans les moindres détails.

Au centre de la clairière, quatre hommes discutent, les deux jockeys qui vont monter les chevaux en course, l'entraîneur et Karim, son associé à la Banque internationale du Liban depuis plus de dix ans. Surprise totale. Mauvaise surprise : pressent qu'il vient parler affaires, et gâcher son plaisir. Ne rien laisser paraître. Poignées de main.

– On vous attendait, dit l'entraîneur. Je résume. Les deux-trois ans vont courir quinze cents mètres. Le gris les emmène jusqu'au départ tranquillement au pas, l'alezane leur sert de lièvre, en début de course. (Aux jockeys :) À treize cents mètres, vous les lâchez, ce sont les deux cents derniers mètres qui m'intéressent.

Les jockeys remplacent les lads sur les deux poulains, et le groupe s'éloigne, le long des arbres, vers le départ, tout au fond de la piste en herbe épaisse, large, bordée d'arbres, légèrement vallonnée. Les deux hommes suivent des yeux les chevaux qui s'éloignent; deux biches, dérangées, traversent la piste en bondissant. La présence de Karim agaçante comme un caillou dans la chaussure.

– Qu'est-ce que tu fais ici, Karim?

– À peu près la même chose que toi. J'ai un poulain dans ce lot.

– Et tu es venu de Beyrouth pour l'entraînement?

– J'étais à Paris. J'ai su que tu serais ici ce matin, et j'ai sauté sur l'occasion de te voir. Je n'ai pas pu te joindre au téléphone hier.

– Qu'as-tu donc de si urgent à me dire?

– Tu plaisantes?

– Pas du tout.

– Tu te souviens que la BIL est impliquée dans la livraison d'armes à l'Iran qui vient de foirer? C'est elle qui couvre l'opération...

Bornand respire mal, se sent pâlir. Se concentre sur les chevaux qui prennent la piste, et c'est parti. Masqués dans la descente, on entend leur galop avant de les revoir, instant magique, et ils déboulent, tous les trois flanc contre flanc, la respiration très forte, vibrante. Ils vont le chercher profond, leur souffle. Puis ils accélèrent encore, au ras du sol, passent groupés devant les hommes qui les regardent, le bai brun une tête devant les autres. Les jockeys se redressent, les chevaux débraient, et en bout de piste, passent au pas.

– Eh bien, l'alezane, elle a tenu la distance.

– Elle était au bout de ses moyens, tandis que Crystal venait facile.

Personne ne dit un mot du poulain de Karim, resté derrière. Pas prêt du tout. Un galop prétexte, c'est évident. Bornand a repris son calme.

Retour dans le rond, où les chevaux tournent au pas, la tête au ras du sol, trempés de sueur, veines saillantes, fumant, ronflant. Les lads les dessellent et les essuyent. Bornand emprunte un chiffon humide pour nettoyer les naseaux de Crystal.

L'entraîneur fait quelques pas avec les jockeys et les propriétaires.

– En course, Crystal restera masqué jusqu'à l'entrée de la ligne droite, à peu près, à toi de sentir. Il a toujours couru en tête, mais il faut changer ça si on veut l'engager sur de plus longues distances. Il a prouvé ce matin qu'il peut venir sur la fin.

Le jockey acquiesce. En se tournant vers Bornand :

– Crystal Palace a une vraie chance, dimanche.

– Je ne pourrai pas le voir courir, je serai à l'étranger.

– Téléphonez-moi à partir de 20 heures.

Les lads rentrent les chevaux, l'entraîneur et les jockeys les suivent, les bois sont vides. Karim et Bornand restent seuls. Bornand reprend :

– La banque n'a pas investi un sou dans l'opération, et n'en a donc pas perdu.

– Ce n'est pas ton cas. Les Iraniens ont déjà encaissé ta garantie d'un million de dollars...

– J'ai pris le risque. Après tout, je ne suis pas encore à la rue. Et d'après ce qu'on m'a dit, ça t'est arrivé d'en perdre autant au casino de Beyrouth, à la belle époque.

Rire.

– Le jeu et les affaires, ça n'est pas du tout pareil. Perdre au jeu, c'est encore un plaisir. Perdre en affaires... Soyons sérieux. Tu as manqué de prudence, tu as été trop gourmand, tu aurais mieux fait de t'en remettre à nos intermédiaires habituels.

– Tu me fais la morale?

– Ce n'est pas une question de morale, mais de gestion du risque. D'abord, en les court-circuitant, tu mécontentes les intermédiaires classiques du commerce des armes au Moyen-Orient. Ce sont des gens puissants, et nos meilleurs clients, j'espère que tu ne l'oublies pas...

– Je ne l'oublie pas...

– Et puis, s'il y a scandale en France...

– Il n'y aura pas de scandale. J'ai identifié les auteurs de l'attentat et du dossier de presse. Eux aussi sont dans le commerce d'armes avec l'Iran. Je suis allé les rencontrer hier dans leur fief. (Une hésitation.) En Côte-d'Ivoire. Je peux les couler comme ils peuvent me couler. Donc, nous nous sommes arrangés. Ils arrêtent les frais, et chacun retourne à ses affaires. L'épisode est clos.

– Tu me permets d'en douter ? D'abord parce que tu peux te tromper sur l'origine de l'opération, les intérêts en jeu sont nombreux. Ensuite parce que la vie politique française est un panier de crabes aujourd'hui, et le scandale peut être relancé d'à peu près n'importe où. Donc, je reprends. S'il y a scandale, il y aura enquête. Et s'il y a enquête, tu seras dans l'œil du cyclone. Une banque comme la BIL a un besoin absolu de calme et de discrétion.

– Où veux-tu en venir ?

– Il ne faut pas qu'à partir de toi, on puisse remonter jusqu'à la BIL. Solde tous tes comptes. En liquide, c'est encore le meilleur moyen de couper les filières. Moi, j'effacerai les traces comptables.

Bornand se tait, en regardant ses bottes s'enfoncer dans l'herbe épaisse et trempée. Goût amer, amitié trahie. La maison dans les fleurs au-dessus de Beyrouth, pleine d'odeurs tellement plus chaudes qu'ici en France, la belle Syrienne que je lui ai donnée, et son premier cheval que je lui ai choisi, flash sur les tribunes du champ de courses de Beyrouth, dont les murs sont déchiquetés par les balles de mitraillettes, les rafales qui s'arrêtent le temps d'une course, Karim gagnant, les deux hommes qui s'enlacent à l'arrivée... Karim reprend :

– J'ai déjà pris des dispositions avec notre correspondant de Genève. Tu es attendu.

Humidité pénétrante. Bornand frissonne. Penser vite. On en est là. Ce sont les affaires. Lui ou moi. Et profiter des circonstances pour brouiller les pistes.

– J'enverrai quelqu'un la semaine prochaine.

Avant de rentrer sur Paris, Bornand s'arrête prendre un café-cognac au bar-tabac de Lamorlaye, et lire *Paris Turf*.

*

– Fernandez? Cecchi à l'appareil. (J'avais reconnu... La voix de son maître...) J'ai quelques informations sur Chardon. Bornand ne va pas être déçu. D'abord, il a servi pendant cinq ans dans l'infanterie de marine, entre Gabon et Côte-d'Ivoire, de 1973 à 1979. Je ne suis pas sûr que ça ait de l'importance dans notre affaire précise, mais au cas où... Ensuite, il émarge aux RG. Tu ne le savais pas?

– Non. (Quel abruti. Cette fiche, tellement vide, évident. Je perds la main.)

– Il faudra être un peu plus performant, à l'avenir. Enfin, les flics ont trouvé chez lui une centaine de grammes d'héroïne, de la libanaise. Il ne semble pas se piquer, donc il trafique, ou traficote plutôt. La Crim a bien travaillé, en deux jours. Ça donne du grain à moudre à Bornand. Rappelle-lui que je ne travaille jamais pour rien.

Dans le bureau de l'Élysée, Bornand, les mains un peu fébriles, dessine des feuilles d'acanthe sur son bloc de papier. Hier soir, une heure en tête à tête avec le Président, qui a refusé, comme d'habitude, d'entendre parler de ventes d'armes, mais qui a pris bonne note du fait que le dossier en cours était réglé, et il en semblait satisfait. Il tire un trait, arrache la feuille, la froisse, la jette. Fernandez, assis en face de lui, attend.

– Alors, où en sommes-nous avec Tardivel?

– Mission accomplie. Avec Raymond, un ancien copain des RG, on a enlevé le petit pédé en pleine rue, tout près d'ici. Dans l'indifférence générale. Dès qu'il a vu la photo, il s'est effondré. J'ai cogné un peu, pas beaucoup. (Flash, pression de la main sur la nuque qui cède, soumise. Sourire.) Plus par plaisir que par nécessité, pour être tout à fait honnête. On n'entendra plus parler du dossier Chardon de ce côté-là.

Bornand ne réagit pas. Fernandez reprend :

– Chardon l'avait bien fait chanter, et Tardivel a payé. Mais ce n'est pas tout. J'ai eu un coup de fil de Cecchi ce matin. L'enquête avance. Les flics ont établi que Chardon est un ancien de l'infanterie de marine stationnée au Gabon, et ils ont trouvé chez lui un petit stock d'héroïne libanaise...

Bornand subitement intéressé. Chardon entre en contact avec les Djimil pendant son service en Afrique, maintient le contact en trafiquant de la libanaise avec eux, et ils l'utilisent pour porter leur dossier à Paris. La pièce s'intègre bien dans le puzzle.

– ... Toujours d'après Cecchi, Chardon émarge aux RG.

Bornand prend l'information de plein fouet. Il bascule dans son fauteuil, les yeux fermés, la respiration courte et sifflante, blanc comme un linge, les deux mains serrées l'une contre l'autre, convulsivement. Pendant plusieurs minutes. Fernandez commence à s'inquiéter. Crise cardiaque ? Puis les muscles se relâchent petit à petit, la respiration redevient normale, encore un temps d'immobilité, il ouvre les yeux, se redresse.

– Ça modifie les données du problème. Suivez-moi bien. Les Djimil montent leur coup avec Chardon, qui met les RG, ses employeurs, au courant. Les RG sautent sur l'occasion, et font coup double. Ils nous fournissent une fiche complètement tronquée sur Chardon...

– C'est toujours comme cela, ils protègent leurs informateurs.

Un coup de poing sur le bureau.

– Taisez-vous, Fernandez. Tout le monde sait que c'est la guerre entre les services de police et la cellule de l'Élysée. Et la cellule, c'est Grossouvre, Ménage et moi. Donc, si les RG sont au courant de cette affaire par Chardon, ils n'hésiteront pas à s'en servir pour m'abattre. Et, au passage, plomber les socialistes aux élections de mars prochain. (Et soudain une bouffée de rage, la voix tremblante :) Des incapables, incontrôlables, la preuve. Ne me dites pas le contraire.

– Je ne dis rien, monsieur.

Bornand se lève, se tourne vers la fenêtre. Les toits, déserts. Essaie de se contrôler, respire à fond deux fois. Mauvaise journée. Le bonheur des chevaux gâché ce matin, un ami qui me lâche, et maintenant, l'affaire se complique au moment où je croyais l'avoir maîtrisée. Il parle sans regarder Fernandez.

– Qui est derrière Chardon? Macquart, votre ancien patron? Il faut prendre les devants. Je vais alerter la cellule. Nous allons voir quels contrefeux mettre en place, chercher la faille. Ils ne sont pas invulnérables, ces flics des RG, n'est-ce pas, Fernandez? Ils ont leurs petits vices, leurs petites faiblesses, comme vous, comme tout le monde...

Fernandez revoit Macquart, carré, massif, derrière son bureau, flic jusqu'à en crever. Vit à la campagne, sous un faux nom, personne ne connaît sa famille, vérifie toujours qu'il n'est pas suivi en quittant le service, d'autant plus intègre que l'argent ne l'intéresse pas. La faille... Bornand va se casser les dents, et en un sens, ça fait plaisir.

– ... Ensuite, j'irai voir le ministre de l'Intérieur pour lui dire deux mots de la façon dont fonctionnent certains de ses services. (Il se retourne.) La dissolution des RG, c'était dans le programme du candidat, en 81, ou est-ce que je me trompe?

– C'était plus ou moins dans le programme.

– Il me semble que c'est le moment de s'en souvenir.

– Monsieur, si vous voyez le ministre, vous savez que Cecchi attend son autorisation de réouverture du Cercle de jeu du bois de Boulogne, que justement les RG bloquent.

Bornand, surpris, le regarde, réfléchit.

– Je ne pense pas qu'il soit opportun de mêler les deux questions.

– Cecchi vous est très utile, et particulièrement en ce moment...

– Cecchi me semble un personnage un peu trop compromettant en la circonstance. Et il m'est acquis, de toute façon. Je verrai ça plus tard, quand j'aurai le temps et les coudées franches. (Un silence.) Les RG ont dû mettre Chardon en sécurité. En voilà un qu'on n'est pas près de revoir.

– Ça, c'est sûr.

*

Travail écrasant au commissariat. Il faut rattraper tout le retard accumulé ces derniers jours. Noria et Bonfils bossent en silence. Noria lève la tête par moments, coups d'œil vers Bonfils, qui ne bronche pas, apparemment tout à sa tâche.

Pause à midi. Après une matinée grise, il fait maintenant très beau. Bonfils propose d'aller manger un sandwich sur un banc des Buttes-Chaumont, au soleil, face au lac. Froid, mais ça change du bureau. Il est là, jambes allongées, silencieux, et à moitié absent. Il finit son sandwich. Noria le regarde. Profil net, lèvres entrouvertes, très dessinées. Le blouson est ouvert. Sous le pull gris à col roulé, la respiration est régulière, le renflement du sein s'esquisse. Revoit très précisément la photo, envie de passer la main sous la laine, de toucher la peau, et de s'arrêter là, la pointe du sein au creux de la paume. C'est amusant de jouer sur le désir et la méprise. Des sensations toutes nouvelles. Stop.

– Tu n'es pas venu hier, au commissariat?

– J'ai pris un jour. Pas vraiment le moral.

– J'ai du nouveau sur Chardon.

Bonfils se redresse brutalement.

– Tu n'abandonnes jamais...

Envie de lui dire la fuite, la solitude. Mais voilà, les mots ne sortent pas, tout simplement.

– Il faudrait ?

– Franchement, je ne sais pas.

Agressive :

– Je n'ai pas le choix, moi.

Il la regarde un instant en silence, puis

– Admettons. Raconte.

– Chardon est rentré chez lui après la Brasserie des Sports. Il en est ressorti seul vers 4 heures et demie, et un homme est venu le chercher devant chez lui, au volant de l'Austin de Fatima Rashed. Il est monté dans la voiture, et on ne l'a plus revu.

– Comment sais-tu ça ?

Elle raconte le pavillon, le jour de neige, les gosses dans la rue et leur bataille de boules de neige... Bonfils réfléchit.

– À cette heure-là, Rashed était probablement déjà morte.

– Le chauffeur est sans doute l'homme qui les suivait au restaurant. Chardon et lui sont peut-être complices.

– Plutôt excitant. Il faut retourner à la brasserie, essayer d'en savoir un peu plus sur ce type, et faire un rapport complémentaire. Nous irons le porter à la juge.

– À la juge ? Pourquoi pas à la Criminelle ?

Il a un sourire à fossettes.

– Parce que la juge est bien plus attirante que le chef de groupe de la Criminelle.

Noria entend l'ironie : « Si vous le retrouvez, soyez gentille, faites-nous signe... »

– D'accord pour la juge.

Vendredi 6 décembre

Dès 9 heures du matin, Bonfils et Noria débarquent au Palais de Justice. Perdre le moins de temps possible, au commissariat, ça commence à râler sec. La greffière est seule dans le bureau, assise derrière sa machine, et franchement surprise par leur arrivée.

– Vous ne savez pas ? Une procédure de dessaisissement a été engagée contre la juge. (Stupeur.) Mercredi matin, elle est allée perquisitionner chez Madeleine Prévost, et je l'ai accompagnée, bien sûr. Elle n'avait pas fait appel à l'équipe de la Criminelle, parce qu'elle avait peur qu'il n'y ait des fuites. Alors elle a requis des policiers de la DPJ du VIIIe arrondissement. Et mercredi soir, le procureur général lui a annoncé qu'il saisissait la Chambre d'accusation parce qu'elle avait outrepassé les limites de sa saisine.

Bonfils a du mal à récupérer. Flash : « Si elle s'attaque à Mado, elle ne s'en tirera pas. » Elle ne s'en est pas tirée. La greffière continue :

– Mercredi soir, elle est partie d'ici très secouée, et depuis, plus signe de vie, je téléphone, pas de réponse. C'est bizarre, parce que sa mère vit avec elle, et ne quitte plus l'appartement.

En sortant du Palais, Bonfils prend Noria par le bras.

– On passe voir chez la juge si rien ne lui est arrivé. C'est tout près, on en a pour un quart d'heure.

Noria s'enfonce dans le col de son anorak. Complètement déroutant, ce type. Il trouve la juge attirante. Il sait où elle habite. Il couche avec ? Dans quelle histoire est-il en train de m'entraîner ? Et puis la curiosité est la plus forte.

Ils montent à pied vers le Luxembourg et la rue d'Assas, Bonfils tendu et un peu distant. Lumière grise sur les jardins, perspectives plates parcourues par de rares promeneurs. Arrivés rue d'Assas, Bonfils se dirige vers un immeuble récent, tout en verre, entre dans le hall, bifurque vers l'ascenseur, la démarche de quelqu'un qui connaît les lieux. Noria le suit. Au huitième étage, il sonne longuement à la porte. Aucun signe de vie. Bonfils va chercher la concierge, qui monte à son tour, avec un trousseau de clés, ouvre la porte. Trois verrous, l'un après l'autre. Ils entrent, appellent, silence. À gauche, un vaste living qui donne sur une terrasse par deux grandes portes-fenêtres fermées par des grilles. Vide. À droite une cuisine, vide. En face, un couloir. Première chambre à droite vide. Deuxième chambre, une vieille femme paisiblement allongée sur un lit, les bras le long du corps, habillée d'un tailleur bleu marine bien coupé. Ils s'approchent, Bonfils touche le visage, décharné, très jaune, du dos de la main, glacé, bien sûr elle est morte. La concierge invoque Dieu tout-puissant en gémissant. Noria s'arrête de respirer, le souffle coincé dans le sternum, le pire est certain. Au fond du couloir, la porte de la salle de bains, Bonfils l'ouvre, vacille, et s'enfuit vers la cuisine. Noria se penche, et regarde par la porte ouverte. Dans la baignoire, une femme nue, la tête qui retombe sur la poitrine, une masse courte et touffue de cheveux noirs masque le visage, le torse inondé de sang, les poignets tailladés, et la gorge tranchée. Le sang a giclé partout, en rigoles dans la baignoire, en éclaboussures sur le carrelage, les murs, le lavabo, le miroir, les serviettes. Sang séché, brun foncé, odeur fade, sucrée. Un bras sort de la baignoire, et sous la main pendante, au sol, dans une flaque de sang marron, un rasoir maculé grand ouvert. La concierge hurle. Noria la prend par les épaules, l'entraîne vers le living, l'assied dans un fauteuil tourné vers les fenêtres, où elle sanglote. Elle entend, dans la cuisine, Bonfils vomir tripes et boyaux. Pour son deuxième cadavre, cette fois-ci, il n'a pas été déçu.

Réagir vite. Coups de fil aux flics, au Palais de Justice. Tout le monde sera là dans un petit quart d'heure. Bonfils est en train de s'asperger dans la cuisine. Un peu de temps devant moi. Faire un tour dans l'appartement. La première chambre, celle de la juge, certainement. Impeccablement rangée, et assez spartiate. Un lit étroit, deux vastes placards, une bibliothèque, pas tellement de livres, et un très beau bureau anglais en acajou qui tranche sur le reste du mobilier. Posé sur le bureau, un gros carnet relié en cuir jaune. Du bout de l'ongle, Noria l'ouvre, fait défiler les pages. Une écriture serrée et régulière, au feutre, des phrases hachées, désordonnées, pas de points de repère, ça ressemble à une forme de journal intime disjoncté. Bonfils rejoint la concierge dans le salon. La machinerie de l'ascenseur se met en route, les flics arrivent, Noria ne réfléchit pas, prend le carnet et le glisse dans la poche intérieure de son anorak.

*

La berline BMW noire, vitres teintées, sort du parking souterrain, avenue Foch, et se dirige vers l'immeuble de Mado. Assis à l'arrière, côte à côte, Cecchi, en costard bleu marine, cravate club, et Mado, en tailleur-pantalon gris, parlent de choses et d'autres. À l'avant, le chauffeur et le porte-flingue, attentifs à la circulation.

– Bornand est passé hier soir, essayer la remplaçante de Katryn. Il est d'accord avec moi : elle ne fera pas l'affaire. Trop baiseuse et pas assez de classe.

– Eh bien, aiguille-la vers Amédée, et trouve une autre fille. Il n'y a pas pénurie, que je sache. Vous avez parlé du meurtre de Katryn ?

– Un peu. Il ne sait pas que Fernandez l'a flinguée.

– Il est incapable de tenir ses hommes. (Il se penche vers elle en souriant.) Je sais que tu le trouves charmant, élégant...

– C'est un fidèle.

Moue dubitative :

– Il l'a été. En ce moment, il tire trop sur la laisse. D'après Fernandez, hier, il a refusé d'intervenir pour le Cercle de jeu. Comme il est en difficulté avec ce dossier Chardon... Je ne t'ai pas dit ? Je l'ai eu, ce dossier, par le petit pédé de *Combat Présent*, très maniable la fiotte... Je trouverai bien un moyen de lui mettre un tour de vis, au Bornand... Toi, pendant un temps, tu prends tes distances. Je ne veux plus le voir dans ton salon.

Devant chez Mado, la BMW s'arrête.

– Attendez-moi là. J'accompagne madame et je redescends.

Dans le bureau de Mado, un répondeur-enregistreur, branché sur une ligne dont le numéro est particulièrement bien protégé, et qui change tous les mois. Il y a un message. Cecchi appuie sur la touche. Une voix d'homme, étouffée à travers un mouchoir, deux précautions valent mieux qu'une, ton monocorde, l'homme doit lire des notes.

« L'enquête sur Chardon continue à avancer. Il n'a toujours pas été localisé, et les RG affirment ne pas avoir eu de contacts avec lui ces derniers jours. Mais il a été identifié comme l'acheteur, il y a deux ans de cela, de la perle portée par Fatima Rashed au moment de sa mort, ce qui établit qu'ils entretenaient des relations suivies et anciennes. (Cecchi grogne. Des relations suivies et anciennes, et je n'étais pas au courant. Mon organisation est à revoir.) De plus, la Crim a retrouvé chez lui le carnet d'adresses et le trousseau de clés de Fatima Rashed. Ce qui l'amène à renforcer les recherches pour retrouver Chardon, témoin numéro un, et un peu plus. La Crim poursuit un dépouillement systématique de tous les papiers qu'elle a saisis chez lui. Elle est déjà parvenue à identifier l'un de ses amis, un certain Beauchamp, qui est actuellement responsable sécurité d'une entreprise d'armement, la SEA. (Cecchi prend un coup d'adrénaline. La SEA, le dossier Chardon. Raclement de gorge, la lecture continue.) Beauchamp n'est pas inconnu de la Brigade des stups. Son nom est apparu plusieurs fois à propos de l'acheminement de l'héroïne libanaise en Europe, la même que celle qui a été retrouvée chez Chardon, via le Gabon, la Côte-d'Ivoire, sans que rien de précis ait jamais été relevé contre lui. Il a été entendu dans le cadre de l'enquête, alibi en béton : le jour du meurtre de la pute, il a travaillé à la SEA jusque tard dans la soirée, alibi confirmé par de nombreux employés. Hors de cause pour l'instant. On en est là. »

Et la communication est coupée.

Beauchamp, l'héroïne, la SEA, la voilà la source de Chardon. Bornand ne l'a pas repérée. La Brigade criminelle n'a pas fait le lien entre le meurtre de Katryn et le trafic d'armes avec l'Iran. J'ai plusieurs longueurs d'avance sur eux tous, et avec la guerre entre les services de police, je vais la garder un moment. Je vais en profiter.

Cecchi efface immédiatement le message, se retourne vers Mado :

– Je tiens l'occasion rêvée. Cette fois-ci, je ne transmets rien à Bornand, j'ai un trésor, je le garde, et je vais l'exploiter tout seul, comme un grand. Fais-moi un café, et je m'en vais. J'ai à faire. Je ne passerai pas te prendre cette nuit. Appelle un taxi.

*

Noria rentre chez elle. Enfin. Une journée épuisante. Il a fallu calmer la concierge, réconforter Bonfils, répondre précisément aux questions de la BC, pas facile d'expliquer pourquoi et comment ils étaient là, et Bonfils quasi mutique, refaire tous les gestes, revoir le cadavre dans la salle de bains. Et attendre les résultats de l'autopsie.

D'après le médecin légiste, la vieille dame serait morte d'une embolie, dans la journée du mercredi 4 décembre, entre midi et cinq heures du soir, de toute façon avant que la juge ne rentre du Palais. La juge dont le suicide est possible : le médecin légiste est formel, on peut se suicider en se tranchant la gorge. Compte tenu de la forme de la blessure, et de l'emplacement du rasoir, dans ce cas précis, c'est même probable. La Crim enchaîne : la juge apprend qu'elle va être dessaisie, rentre chez elle déprimée (la greffière confirme), trouve sa mère morte, le suicide est plausible. La porte et les fenêtres sont fermées de l'intérieur, pas de traces d'effraction, trois personnes dont deux flics à l'ouverture des lieux, le suicide est certain, et l'enquête sera vite close.

Elle n'allume pas la lumière, marche jusqu'à la fenêtre. La ville est plongée dans la brume et dans la nuit. On distingue à peine la Tour Eiffel illuminée, et pas du tout la Défense. L'enseigne du Grand Rex est éteinte, il doit être plus de onze heures du soir. Rumeur assourdie, tranquille, rassurante.

Pas de précipitation, il faut se donner le temps de récupérer. D'abord un bain, les pieds sur le rebord de la baignoire, les cheveux noués lâches sur le haut de la tête. Pas de gant de crin, aujourd'hui, tout dans la douceur, il faut se ménager. Elle traîne dans l'ambiance chaude de la salle de bains, se brosse les cheveux longuement, ça repose, s'asperge d'eau de Cologne, et enfile un peignoir en éponge beaucoup trop grand pour elle. Puis elle range quelques vêtements entassés sur une chaise, refait le lit, donne un coup de balayette pour enlever les miettes de biscuit sur les étagères. Elle entre dans son réduit cuisine, plus que sommaire. Ici, jamais de plats qui mijotent pendant des heures en chuintant, dont l'odeur évoque les cauchemars familiaux. Elle se prépare un chocolat bouillant, des tartines beurrées, qu'elle pose sur son bout de table en formica. À côté du carnet de la juge. Plus moyen de retarder la confrontation.

Noria frissonne. Elle touche le cuir jaune de la couverture, en renifle l'odeur, pour s'assurer qu'il est bien là. Parce qu'il ne devrait pas y être, sur la table de la cuisine. Curiosité, savoir. Quoi ? Fascination de ce corps nu, égorgé dans la baignoire, violence, violence de femme, si proche, la même, toute chaude, au creux de mon ventre. Et vertige. Imaginer le geste, le rasoir, d'un coup, le sang qui gicle par saccades sur les murs, sur le carrelage, partout, cette rage autodestructrice, elle se sent en danger.

Et Bonfils. Flash : dans l'entrée de l'immeuble, en terrain connu. Beau garçon, les lèvres entrouvertes, légèrement ourlées. Charmant et flou. Flash : dans la cuisine, au bord du gouffre. Où est-il dans cette histoire ?

Le carnet jaune : avoir le courage de l'ouvrir.

Elle lit vite, en diagonale.

... Chaque fois que j'entre ou que je sors, les deux tours de clé qu'elle donne dans chacun des trois verrous, l'un après l'autre, les grilles qui claquent en se fermant devant les fenêtres, des bruits qui me déchirent, jour après jour... Et dès que je m'absente, je ne pense qu'à une chose, revenir, le plus vite possible, derrière les grilles...

... Jeanne s'économise, ne quitte plus jamais l'appartement (« je ne veux pas mourir en dehors de chez moi »), mange très peu, respire à peine, toute concentrée sur la volonté de durer, avec rage, comme un reproche quotidien... Elle est là, toujours là, elle m'envahit, elle m'étouffe, elle dit : tu m'abandonnes... Impossible de fixer mon attention...

... Jambes lourdes, cœur battant, des petits vaisseaux ont éclaté sur les cuisses en filaments rouges et bleus. Une géographie imaginaire...

... Mère-fille, face à face. Solitude absolue, haine partagée. Jeanne ne s'intéresse qu'au temps qu'il fait. Nuages, soleil, la pluie, la nuit qui tombe très tôt aujourd'hui, la seule dimension de l'histoire qui lui soit encore accessible. Je ne parviens plus à lui parler... Des pensées passent, comme des images fugitives, immédiatement oubliées... Elle ou moi?...

... Je regarde mes mains, les articulations qui se déforment, inexorablement, comme les siennes... Je perds pied, l'impression que plus rien n'imprime dans ma mémoire, un temps uniforme et dévasté. Quels dossiers ai-je lus hier? Qui ai-je rencontré? Obligée de reconstruire le souvenir à partir d'indices éparpillés. Et souvent, je n'y arrive pas... Sur le dossier Rashed, cet après-midi, des moments de confusion, comme si mes pensées en morceaux ne tenaient ensemble que grâce à un énorme effort d'attention. Si je fléchis un peu, tout se disloque...

Noria reprend son souffle. Entend l'écho déformé de ses propres cauchemars. Mais moi, je suis partie, je me suis sauvée. S'étire, se frotte le visage, marche jusqu'à la fenêtre, la ville, toujours. Et revient finir sa lecture.

La dernière note est très différente :

Au Palais, Simone me transmet un coup de fil : le cabinet Dupuis et Martenot. Pourquoi ai-je accepté? Je savais exactement ce qui allait se passer. Manque de détermination, de confiance en moi, comme autrefois. Nicolas me salue très poliment, s'enquiert de ma santé, de celle de ma mère. Dix ans que nous ne nous sommes pas vus. Puis il m'informe que Mado est cliente de son cabinet. Je le sais déjà. Qu'elle ne se rendra pas à ma convocation. Je l'ai bien vu. Et me prévient gentiment qu'une mise en cause de Mado ne laisserait personne indifférent chez les puissants. Je le hais de toutes mes forces.

Elle referme le carnet. La juge a haï jusqu'à sa propre mort. Bonfils, pas trace de lui dans toutes ces pages. Il est ailleurs, c'est une manie. Et un inconnu, ce Nicolas qui joue un rôle dans le suicide de la juge. Protège Mado chez qui travaille Katryn, qui veut faire chanter un client de Mado. Ce type est lié d'une façon ou d'une autre au meurtre. Qu'est-ce que je fais de ça?

Trois heures du matin, beaucoup trop tôt pour attendre le lever du soleil. Au lit, on verra demain.

Samedi 7 décembre

Dans un petit studio qui appartient à Mado, dans un immeuble tranquille du XVIe arrondissement, Karim, assis nu dans un fauteuil à oreillettes bas et profond contemple son ventre rond et proéminent, marqué d'une ligne de poils noirs frisés à partir du nombril, et son sexe flasque étalé sur le velours rayé rouge et blanc avec satisfaction. Un après-midi et une nuit de baise avec deux filles de chez Mado, parfaites, comme d'habitude. Lui, il a été impérial, pense-t-il en se grattant les couilles. Une des filles lui apporte un plateau qu'elle pose à côté de lui sur une table basse. Elle porte une courte veste d'intérieur en soie bleu marine, et rien dessous. Il passe la main dans l'entrecuisse, et lui chatouille le sexe, puis attaque son petit déjeuner. À l'anglaise. Ce qu'il préfère. Du thé, râpeux, amer, des toasts avec de la marmelade d'orange, un pamplemousse pressé. Soupir de bonheur. Les filles ont disparu dans la salle de bains.

Sujet de satisfaction, aussi, la rencontre hier avec Bornand, beaucoup moins rude que prévu. L'avion perdu, un prétexte pour le marginaliser. Il s'est laissé faire comme un enfant de chœur. Je n'aurais pas cru.

Attention à ne pas manquer l'avion pour Beyrouth.

Il se lève, marche jusqu'à la chambre, en traînant les pieds, appelle l'autre fille, celle qui porte une guêpière d'où sortent des seins volumineux, se fait habiller tout en plongeant le nez et les mains dans sa poitrine. Puis il la renvoie d'une claque sur les fesses.

– Appelle-moi un taxi.

Seul dans la chambre, il vérifie le contenu de sa serviette en cuir : les papiers avec lesquels il comptait faire pression sur Bornand. Pas eu besoin de s'en servir. Quelques heures de travail à Beyrouth, et l'affaire sera bouclée. Il vérifie son allure dans la glace : impeccable.

– Une Mercedes blanche dans quelques minutes, dit la fille.

Il fait ses adieux, en promenant ses mains partout, et les quitte en pleine euphorie.

En bas de l'immeuble, une Mercedes blanche est arrêtée, moteur en route. Le chauffeur en sort, lui ouvre la portière.

– Roissy.

– Bien, monsieur.

Il s'assied, la portière claque, et le taxi démarre rapidement. Karim note distraitement qu'il y a une vitre de séparation entre le chauffeur et lui, peu habituel dans les taxis parisiens. Ouvre sa serviette en cuir, feuillette quelques papiers, en se repassant le film de sa nuit. La maison Mado, vraiment, la grande classe.

Le taxi ne semble pas avoir pris le chemin le plus court. D'habitude... Il se penche vers la vitre de séparation. Elle est fixe. Cogne deux fois. Le chauffeur ne bronche pas. La regarde plus attentivement. Une vitre blindée. Se rassied. Les vitres arrière sont teintées et apparemment blindées, elles aussi. Appuie sur la commande électrique. Rien ne bouge. Saisit une poignée. Bloquée. Un moment de panique. Frappe les vitres, secoue les poignées, s'agite en vain. Se rassied. Qu'est-ce qui se passe? Le taxi : la fille l'a appelé. La fille : employée de Mado. Mado : une grande amie de Bornand. Et son mac, aperçu une fois ou deux, un truand notoire... Serait-ce possible?

La Mercedes roule vite, la circulation est fluide un samedi matin, ils sont déjà sur l'autoroute du Sud. Le chauffeur bifurque et s'engage sur une route secondaire, déserte, en pleine forêt.

Karim, tétanisé, est envahi par une peur qui le fait pisser dans son pantalon.

*

Nicolas Martenot rentre chez lui au volant de sa Porsche gris métallisé. Roule lentement vers Paris. Un parcours de dix-huit trous au golf de Saint-Cloud, une séance de sauna, un lunch rapide, puis une longue partie de bridge bien arrosée qu'il a gagnée haut la main. Et pourtant, enfermé tout seul dans sa caisse de luxe, il se sent mal à l'aise. Depuis que la police lui a appris hier soir le suicide de son ex-femme. Il prononce son nom à haute voix : Laura Luccioni. Elle s'est tranché la gorge. Un remords?... Elle a choisi. Comme elle a choisi d'être juge. Et d'y croire. Le bien, le mal. Frigide. Elle m'impressionnait, me fascinait même, par son éloignement glacé. La femme inaccessible, et morale. Entend encore Bornand, dans le grand salon au pied de la Tour Eiffel : « Ta femme est une emmerdeuse coincée, elle va te plomber la vie. » Il faudra décommander tous les rendez-vous lundi matin, et aller à l'enterrement. La moitié du Palais y sera. La gorge tranchée. Martenot a un frisson dans le dos. Et surgit le visage de Françoise, déformé par quelque chose qui ressemble bien à de la haine. De la haine. Pourquoi de la haine? Contre moi? La violence des femmes, ingérable. Le malaise s'amplifie. Bornand responsable. Un bout de phrase revient en boucle, comme le refrain d'une chansonnette : pouvoir, politique, dérèglement du sexe.

Je crois que ce n'est pas mon truc.

Agacé, il branche la radio. Flash info : « Deux bombes incendiaires viennent d'exploser dans le quartier des grands magasins. La première, au rayon porcelaine, aux Galeries Lafayette, à 17 heures 30, et la deuxième, au rayon maroquinerie, au Printemps, vingt minutes après. Un bilan provisoire fait état d'une cinquantaine de blessés dont une dizaine dans un état grave. Il n'y aurait pas de morts. Les bombes étaient des engins incendiaires artisanaux. La police privilégie la piste de l'acte isolé d'un dément, ou un geste de vengeance. (Tu parles! Désinformation ou incompétence? Dans la précipitation et l'approximation, certes, mais après tout, il n'y a guère plus d'une semaine que l'avion a disparu, l'Iran reprend la guerre contre la France.) C'est un miracle que le bilan, même provisoire, ne soit pas plus lourd, car les bombes ont explosé à un moment où la foule se pressait à tous les rayons, un samedi après-midi, à deux semaines de Noël. La police estime qu'il y avait alors à peu près cent mille personnes dans les grands magasins et leurs abords immédiats. Cette foule a rendu difficile l'arrivée des premiers secours. À 20 heures, tous les blessés étaient évacués, mais le quartier est encore totalement bloqué, et la police demande instamment aux automobilistes d'éviter tout le centre de la capitale côté rive droite. »

Impuissant, amer. Martenot coupe la radio et frappe son volant de la paume de la main avec rage. Quel gâchis. Décidé, je lâche Bornand. Il est fini. L'intérêt de mon cabinet d'abord. Soulagement.

Un sourire lui vient : meurtre rituel du père. Il était temps, à mon âge.

Lundi 9 décembre

Vol de nuit New York-Paris, Bornand débarque à Roissy, pas dormi, assez comateux. Achète les journaux, et s'installe dans un bar de l'aéroport, au milieu du brouhaha des allées et venues. Un double express serré et deux pilules, juste pour se réveiller.

Paris Turf, d'abord, pour lire le commentaire sur la victoire de Crystal Palace hier à Longchamp, dans une course de groupe 3. Sans appel. Deux longueurs d'avance. Une graine de champion. Ferme les yeux, la piste des Aigles au petit matin, sent l'odeur forte des chevaux après l'effort, les entend s'ébrouer. Mirage...

Et la presse nationale. En une, les attentats de samedi dernier. La réaction iranienne n'a pas tardé. Commentaires débiles : l'œuvre d'un déséquilibré ! On croit rêver. Cherche les pages économiques. Sur une colonne, l'article attendu : *Rumeurs de faillite à Beyrouth.*

La BIL est la plus grande banque privée du Moyen-Orient. Présente dans tous les marchés d'armements de la région, et ils sont nombreux, elle est également la première banque de dépôt des fortunes personnelles des émirs du pétrole, et à ce titre, elle travaille en liaison permanente avec les plus grandes banques des places de Londres, New York ou Genève.

Jusqu'à maintenant, elle avait su échapper aux effets dévastateurs de la guerre au Liban, en assurant, au sein de son conseil d'administration, l'équilibre entre les différentes communautés libanaises, et entre les Syriens et les pays du Golfe. C'était un véritable tour de force.

Il semble bien que cette ère soit révolue. Depuis quelques jours, quelques très gros clients, dont les placements sont très volatils, ont commencé à solder leurs comptes. Si le mouvement se poursuit, il risque de forcer la banque à liquider certains de ses avoirs immobiliers, dans un marché très défavorable.

Pour ne rien arranger, l'un des principaux associés de la banque, Walid Karim, un Franco-Libanais, a disparu depuis trois jours, en emportant certains documents confidentiels sur la crise en cours... On devrait être fixé sur le sort de la BIL vers la fin de la semaine.

Bornand replie les journaux, étend les jambes, tire sur ses épaules et ses bras. Karim. Un pan de ma vie qui s'effiloche. Sinistre. Son choix, pas le mien. Les affaires vont reprendre avec l'Iran, cette fois-ci avec les Américains. Ils ont autant besoin de la BIL que moi j'ai besoin d'eux. Les otages... Pas faute d'avoir essayé. Et cette idée qui flotte dans la mauvaise conscience : plus l'embargo dure, meilleures sont les affaires. Contemple la foule qui coule autour de lui.

Quand il arrive dans son bureau, Bornand trouve une série de messages, dont l'un dit : « Rappeler de toute urgence Flandin. » Fronce le nez. Le patron de la SEA, un affolé. Qu'est-ce qu'il peut y avoir de si pressé ? Mauvais présage.

Au bout du fil, Flandin a une voix tendue à l'extrême, avec des fêlures incontrôlées.

– Avez-vous lu *La Tribune de Lille* ?

– Non. Je ne m'intéresse pas à ce genre de presse.

– Vous avez tort. Je vais donc avoir le plaisir de vous lire un article paru aujourd'hui même en première page de la *Tribune*. Vous m'écoutez ?

Bornand se sert un whisky, s'assied, soupire :

– Je vous écoute.

– En titre *Un accident d'avion bien mystérieux.* (Je reconnais là le style de la presse de province, pense Bornand.) Je lis :

Le 29 novembre 1985, la Turquie signalait la disparition en plein vol au-dessus de son territoire, à proximité du lac de Van, d'un Boeing 747 cargo. À ce jour, aucune compagnie n'a signalé la disparition de l'un de ses avions, personne ne semble se soucier de la mort de l'équipage (trois, quatre, cinq personnes? plus?) dont on ignore même la nationalité. Le ou les propriétaires de la cargaison ne se sont pas non plus fait connaître pour réclamer une enquête, pour exiger une indemnisation. Et comme l'explosion a eu lieu au début de l'hiver, au-dessus d'une région montagneuse, quasi désertique et peu sûre, on imagine bien qu'il faudra attendre longtemps avant qu'une commission d'enquête de l'aviation civile turque ne fasse un rapport sur les conditions de cette disparition.

Il était tentant de chercher à en savoir un peu plus sur ce mystérieux avion. Lorsque les contrôleurs du ciel d'Ankara le prennent en charge ce 29 novembre, son plan de vol indique qu'il a décollé de Malte à neuf heures trente à destination de Téhéran, avec une cargaison de riz.

Certes, le fonctionnement de l'aéroport de La Valette est encore très perturbé, le trafic vient seulement d'être rétabli, après le dénouement tragique du détournement du Boeing d'Egypt Air qui a fait des dizaines de morts, mais enfin, les informations fournies par la tour de contrôle de La Valette sont formelles : pas de Boeing 747 cargo au décollage à neuf heures trente. Par contre, à la même heure, un Boeing 747 cargo en provenance de Bruxelles-Zavantem a survolé Malte, et a été pris en charge par les aiguilleurs du ciel de La Valette, qui lui ont affecté un nouveau numéro de vol, et l'ont orienté vers l'Iran. Interrogé à ce propos, l'aéroport de Bruxelles-Zavantem confirme le décollage du Boeing 747 cargo à six heures cinquante-huit, à destination de Malte-La Valette. D'après les déclarations en douane, il serait chargé de matériel électronique, appartenant à la SAPA. D'où, évidemment, l'intérêt d'en savoir plus sur ce matériel. La SAPA est une société de formation très récente dont le siège social est aux Bahamas, et qui a acheté la cargaison de matériel électronique le 28 novembre, c'est-à-dire la veille de l'accident du Boeing. Elle l'a achetée à la SEA, une société française, implantée en banlieue parisienne, spécialisée dans le matériel électronique et l'armement. La SAPA elle-même n'est qu'une société-écran de la SEA, de façon à ce que cette dernière n'apparaisse pas officiellement dans la transaction, pour qu'il soit plus difficile d'établir la nature réelle de ce « matériel électronique ». Car la SEA a mené à bien au début de l'année une importante opération de rachat de missiles Magic 550 déclassés par l'armée française. Officiellement pour récupérer le matériel électronique embarqué. S'agirait-il des mêmes missiles qui auraient pris la route de l'Iran? Affaire à suivre, évidemment.

Un long silence.

– Qu'est-ce que vous en dites, Bornand?

– C'est très mal écrit.

Rugissement :

– Vous m'aviez garanti une confidentialité absolue, vous avez complètement foiré (les mots se bousculent en vrac). Moi, je veux protéger mon entreprise, c'est tout ce qui m'importe. Je ne vais pas la sacrifier pour vous sauver la mise. J'ai rendez-vous cet après-midi avec le journaliste de la *Tribune*. Ce que je vais lui expliquer va tellement l'intéresser qu'il ne s'occupera plus de la SEA. Les commissions au cabinet du ministre et au ministère de la Défense, cinq millions pour qu'ils ferment les yeux sur la vente des Magic 550. J'ai les noms. Après, je ne sais pas ce qu'ils ont fait du fric... Je vais leur expliquer que la SAPA, c'est vous, et seulement vous, ce que le journaliste semble ignorer, et que dans le montage, vous deviez empocher trente millions...

Bornand se crispe. Impossible de garder cet agité dans les jambes. J'avais raison.

– Calmez-vous, Flandin. Je vous assure que la SEA n'a pas grand-chose à craindre. Au pire, un peu de bruit dans la presse, mais le ministère ne portera pas plainte, vous le savez parfaitement. Vous avez rendez-vous avec votre journaliste cet après-midi, OK. Simplement, déjeunons ensemble avant pour discuter. Et essayons d'éviter le pire. Nous avons tous à y perdre dans cette histoire. À une heure, chez Laurent, dans un des salons du premier étage?

Un long silence.

– J'y serai.

La pression tombe. Bornand raccroche. C'est le risque de travailler avec des débutants, ils manquent de nerfs. Joindre Beauchamp, je l'ai mis là pour ça. Téléphone au service de sécurité de la SEA. Beauchamp n'y est pas venu ce matin, et n'a laissé aucun message. Chez lui, le répondeur. Au bar, rendez-vous des baroudeurs africains, aucune nouvelle depuis trois jours. Inquiétant.

Bornand se lève, contemple les toits. Silence, qui infuse lentement en solitude, avec une pointe d'angoisse. Il faut comprendre ce qui se passe avec les Djimil. Il y a quatre jours, je calme le jeu, le dossier était enterré. Qui le fait ressortir aujourd'hui? Les RG, évidemment. C'est la seule explication possible. Ils me déclarent une guerre totale. Tant pis pour eux. Mais avant, il faut que je règle le cas Flandin, même dans l'improvisation. Regarde sa montre. Neuf heures du matin. Et l'enterrement de la femme de Martenot à midi. Pas de temps à perdre.

Quand Fernandez entre dans le bureau, Bornand, renversé dans son fauteuil, blanc, les yeux clos, semble dormir. Il hésite. Bornand se redresse, le regarde.

Sourire :

– Ce n'est rien, la fatigue, le décalage horaire. Vous déjeunez avec moi, mon petit. Nous allons rencontrer Flandin. J'ai retenu un salon chez Laurent.

Fernandez est abasourdi. En quatre ans, c'est la première fois que Bornand l'emmène à ce qui ressemble à un déjeuner d'affaires, et ce mélange des genres lui paraît extravagant.

*

Les deux corbillards, l'un derrière l'autre, arrivent à l'entrée principale du cimetière du Père-Lachaise, empruntent l'allée de gauche qui monte au milieu des tombes vers le funérarium. Un cortège se forme et les suit. Noria Ghozali marche à côté de Bonfils. Tout autour, peu d'émotion, plutôt des officiels, magistrats, avocats, policiers, et quelques inconnus. D'imposantes couronnes de fleurs « institutionnelles ». Échanges de poignées de main entre flics et magistrats. En tête, seul, un homme d'une quarantaine d'années, à l'allure sportive, cheveux noirs un peu longs, beau garçon. En retrait, Simone, la greffière, tête basse et larmes aux yeux. Noria se glisse à ses côtés, lui prend le bras, un moment de flottement, puis la greffière la reconnaît, et s'appuie sur elle.

– Seule, totalement seule, dit-elle tout bas.

La juge ? Elle ? Les deux ?

– Qui est cet homme, là devant ? demande Noria dans un murmure.

La greffière lève les yeux un instant, replonge.

– Nicolas Martenot. Ils étaient mariés, ils ont divorcé il y a une dizaine d'années. Maintenant, c'est un des plus grands avocats d'affaires de la place de Paris. Un forban, et un pilier de boîtes de nuit. Elle avait fini par le détester.

– Ils se voyaient beaucoup ?

– Non, jamais. (Elles marchent en silence. La voix un peu hésitante :) Un salaud de première.

– Il a contribué à la faire dessaisir... (En laissant la phrase ouverte, à mi-chemin de l'interrogation.)

– J'en suis persuadée. (Puis, sursautant :) Qu'est-ce qui vous fait dire ça ?

Noria élude.

– Et la juge pensait que Mado jouait un rôle dans l'assassinat de Fatima Rashed ?

– Écoutez, ça franchement, je n'en sais rien. Moi, j'ai plutôt l'impression qu'elle s'acharnait sur Mado par défi. Pourquoi vous me demandez ça ?

Le cortège arrive au bord de la tombe ouverte. Un caveau profond, deux cercueils déjà au fond du trou, avec ces deux autres, c'est la fin d'une histoire familiale. La greffière s'essuie les yeux. Noria en profite pour lâcher son bras, recule et rejoint Bonfils. Impasse. Mais qu'est-ce que tu espérais ?

Martenot jette les premières poignées de terre, et les fleurs, puis reçoit les condoléances, sans jouer la comédie du deuil. Personne ne la joue, d'ailleurs. Noria ferme les yeux et flashe sur le corps sanglant dans la baignoire. Quand elle les rouvre, la greffière a disparu.

À la sortie du cimetière, les gens s'agglutinent par petits groupes, en attendant les voitures que sont allés chercher les chauffeurs, échangent quelques mots, sortent leurs carnets de rendez-vous. Noria et Bonfils se tiennent à l'écart. Noria suit des yeux Martenot, qui passe de groupe en groupe, souriant, mondain. Il vient saluer un couple, lui la soixantaine, grand, très mince, visage long, mobile, barré d'une moustache blanche, elle, plus jeune, à peine la quarantaine, une blonde décorative, chignon et maquillage sophistiqués, dans une redingote noire assez théâtrale. À l'approche de Martenot, elle a un geste (pour se détourner, pour l'éviter ?) ; l'homme, soudain figé, la prend par le bras, l'immobilise brutalement à ses côtés. La femme vacille. Noria sent les doigts incrustés dans la chair à travers l'étoffe. Le couple échange deux-trois phrases avec Martenot qui continue son périple. À quelques mètres, un homme est en discussion avec la greffière qui fait un signe en direction de Noria et Bonfils. Il se dirige vers eux.

– Inspecteur Dumont, RGPP. Le commissaire Macquard vous attend dans son bureau à 14 heures, à la préfecture. Il se charge d'informer votre hiérarchie.

Bonfils, surpris, ouvre la bouche. Noria l'entraîne.

– Allons déjeuner, nous avons juste le temps. Il faut que je te parle.

*

Un salon luxueux dans les tons vert d'eau, avec deux grandes fenêtres donnant sur les jardins des Champs-Élysées, une table ronde dressée pour trois couverts. Bornand, très élégant dans un costume gris clair en laine peignée, coupé très près du corps, cravate de soie et laine gris plus soutenu, attend son hôte debout, en marchant en long et en large, visage fermé. Fernandez, dans un coin, immobile, aux aguets, cherche à se faire oublier.

Flandin arrive accompagné de Beauchamp. Bornand se sent vaciller. Injoignable, Beauchamp ? Il m'a piégé. Chardon héroïne libanaise, Beauchamp aussi. Le dossier, c'est lui. Tous les deux aux RG ? C'est possible. Djimil, un leurre ? Mais alors Moricet ? Danger. Trop tard pour reculer, laisse venir.

Bornand serre chaleureusement les mains de ses hôtes, présente Fernandez, en plaisantant : « Mon directeur de cabinet, si j'avais un cabinet », fait rajouter un couvert, et demande au maître d'hôtel de servir l'apéritif. Coup d'œil circulaire sur le petit salon. Quatre convives, deux porte-flingues, politique et affaires à Paris, dans l'hiver 85...

– Que prendrez-vous, cher ami ?

– Un whisky. Un scotch léger, sans glace.

– Pareil pour moi.

Une fois servi, Bornand marche jusqu'à la fenêtre, contemple un instant les Champs dans la grisaille et le froid, puis revient vers ses convives. Fait signe à Fernandez de s'occuper de Beauchamp, s'approche de Flandin, l'entraîne vers une des fenêtres.

– Triste, Paris en cette saison. (Flandin, les traits tirés, le laisse parler, sans réactions.) Je reviens des États-Unis, avec des ouvertures intéressantes. (Toujours pas de réactions. Bornand pose son verre sur un guéridon, à côté d'un énorme bouquet de fleurs, entre les deux fenêtres, et sort de sa poche intérieure une longue enveloppe.) Des propositions précises, consignées et chiffrées. (Il tend l'enveloppe à Flandin.) Je vous demande simplement de lire ces papiers après ce déjeuner, avant de voir votre journaliste.

Flandin, un peu hébété, hésite un instant, pose à son tour son verre sur le guéridon, prend l'enveloppe, la tourne entre ses doigts, puis se décide à la plier, et à la mettre dans sa poche. Bornand a déjà récupéré le verre de Flandin, qui prend celui qui reste sur le guéridon. Puis ils reviennent tous les deux vers le centre de la pièce où Fernandez a engagé la conversation avec Beauchamp, comme il a pu :

– Nous nous sommes déjà rencontrés...

Et l'autre, sec :

– Ça m'étonnerait, nous ne fréquentons pas les mêmes milieux.

Fernandez, très mal à l'aise, a une folle envie de casser la gueule à Bornand. Celui-ci, souriant, lève son verre.

– Allons, quoi qu'il arrive, buvons à la réussite de nos affaires, il n'est pas trop tard.

Flandin le suit, avec un temps de retard, boit une, puis deux gorgées de whisky, et se fige, bouche ouverte, sans un son, visage crispé, marbré de rouge, et s'affaisse sur lui-même, lentement, dans un mouvement décomposé. Bornand le regarde s'écrouler de très haut, de très loin, presque surpris. Flash : un autre corps, autrefois, abattu dans une cour, et lui qui s'acharne dessus à coups de pied. Rien à voir, cette mort-ci est aseptisée. Se penche pour récupérer l'enveloppe qu'il vient de remettre à Flandin. Puis c'est le branle-bas de combat. Fernandez se précipite pour faire un massage cardiaque. Beauchamp appelle les garçons. Le SAMU, les flics, la pièce se remplit. On parle de crise cardiaque.

Bornand, immobile, contemple le spectacle. J'échappe au repas gastronomique.

*

Bonfils et Noria Ghozali entrent dans le bureau de Macquart. Le cadre est très ordinaire, mais pas l'homme qui les attend, assis, embusqué derrière son bureau, et les dévisage, sans un geste, légèrement penché en avant, les avant-bras appuyés sur le bureau, ses mains courtes et larges croisées. Il a un visage rond et charnu, des lèvres très minces, un regard fixe et inexpressif. Un peu lourd, sans être gras, les cheveux plaqués en arrière, la moustache poivre et sel taillée très courte, costard trois pièces bleu marine, avec de très fines rayures blanches, chemise blanche, cravate. L'archétype du fonctionnaire, avec une petite touche années cinquante. Noria à l'instinct : un vrai tueur. À l'instinct : un flic à respecter. À l'instinct : j'ai ma chance.

Il leur fait signe de s'asseoir, laisse le silence s'installer, en les dévisageant, puis :

– Comment deux flics adolescents du XIXe arrondissement en sont-ils venus à s'intéresser à Me Martenot?

Direct et rapide. La greffière doit travailler pour les RG. Ça impressionne. Noria et Bonfils ont mis au point leur réponse, Noria a exigé d'assumer.

– J'étais seule à m'intéresser à Me Martenot...

Le regard de Macquart passe de Noria à Bonfils, revient sur Noria, qui sort le carnet jaune de la poche intérieure de son anorak, l'ouvre à la dernière page, se penche et le dépose sur le bureau de Macquart.

– Le journal intime de la juge.

Il lit la page ouverte, feuillette le reste, le visage hermétique, le referme et le range dans un de ses tiroirs.

– Où avez-vous trouvé ça?

– Dans l'appartement de la juge, le jour où nous avons découvert son cadavre.

– Et vous l'avez gardé pour vous? Tout commentaire est inutile, n'est-ce pas? (Deux très jeunes flics, astucieux, remuants, et totalement incontrôlables. Capables de faire des ravages dans les affaires sensibles. Je casse ou je récupère?) Pendant que vous y êtes, racontez-moi aussi comment vous vous êtes retrouvés dans l'appartement de la juge.

– Nous avons participé à l'identification de Fatima Rashed...

– Je suis au courant de votre rôle dans ce dossier.

– ... À ce moment-là, nous pensions qu'il pouvait y avoir un deuxième homme au restaurant, avec Chardon et Fatima Rashed. Ce même homme aurait chargé Chardon juste après le meurtre dans la voiture de Fatima Rashed, et c'est la dernière fois que Chardon a été vu, vivant ou mort.

Cette fille, les yeux foncés, opaques, le corps tendu, une force à l'état brut.

– Continuez.

– Nous avons rédigé un rapport et nous sommes allés le porter à la juge, au tribunal.

– Elle n'y était pas.

– La greffière nous a donné son adresse.

– Je n'y crois pas.

Bonfils sort de son mutisme, et dit avec un sourire éclatant :

– Je trouvais que la juge était une femme fascinante. Un soir, je l'ai suivie jusque chez elle. (Il tire de sa poche le rapport complémentaire qu'il pose devant Macquart.) Après sa mort, l'enquête s'est mise en veilleuse, et personne ne nous a plus rien demandé.

– Donc, ce rapport, je suis le premier à l'avoir?

– Exactement.

Il prend son temps pour le lire. Du bon travail. Du très bon travail. C'est décidé, je récupère.

– Une mutation aux RG, ça vous intéresse?

– Oui, dit Noria.

– Non, dit Bonfils.

Macquart sourit, premier sourire.

– Je m'en serais douté. (Puis se tournant vers Noria :) Pourquoi le commissaire du XIXe est-il si content de se débarrasser de vous ?

Noria, les mains jointes sur les genoux, crispées, les phalanges blanches, réfléchit un instant.

– Je crois que je lui fais peur.

Macquart se lève, les raccompagne à la porte de son bureau. Une main sur l'épaule de Bonfils :

– Dans votre intérêt, si vous ne voulez pas payer pour ses fautes à elle, oubliez tout, Bonfils, y compris votre dernier rapport.

– C'est déjà fait.

– Et vous, Ghozali, demain matin, 8 heures dans mon bureau.

Dès que Noria et Bonfils ont quitté son bureau, Macquart convoque un de ses inspecteurs.

– Laurencin, vous laissez tomber ce que vous êtes en train de faire. J'ai une urgence. Je vous donne ce paquet de photos, que vous allez montrer à quelques personnes. Si le résultat est conforme à ce que je pense, vous pouvez faire sauter vos jours de congé.

Ils sortent ensemble du bureau, puis de l'immeuble, prennent pied dans la rue, une grande respiration, puis s'éloignent en marchant vite, côte à côte, le regard baissé. Le visage de Noria est sans expression. Mais quand il la frôle, Bonfils sent la tension de ses muscles, explosive. Ils entrent au Soleil d'Or, peu de monde à cette heure-ci, s'assoient au fond de la salle. Un chocolat chaud pour Noria, un demi pour Bonfils. Il lève les yeux vers elle.

– Tu sais dans quelle galère tu es en train de t'embarquer ? La police politique, les champions des coups tordus.

Agressive :

– Je ne suis pas comme toi, moi. Je n'ai pas le choix, et je suis pressée.

Puis un sourire. D'un seul geste, elle défait son chignon, lâche ses cheveux. La masse noire, brillante, coule sur ses épaules, ondule, mange les joues trop rondes, donne du relief aux traits du visage. Elle se lève, s'appuie sur la table, se penche vers lui, et pose ses lèvres sur sa lèvre supérieure, lèche de la pointe de la langue, humide, très légèrement pétillante, la trace de la mousse blanche, souffle tiède et court. Un temps de silence, puis Bonfils, incrédule :

– Qu'est-ce qui se passe, ensuite ?

– Oubliez tout, Bonfils, oubliez tout.

Et elle le plante là, derrière sa table, avec la bière et le chocolat, en s'enfuyant à toutes jambes.

*

– Bestégui ?... Content de t'entendre, je m'apprêtais à t'appeler. Où es-tu ? Chez toi ?

– ...

– Oui, c'est exact, Flandin vient de mourir d'une crise cardiaque... Pendant que nous étions en train de déjeuner ensemble...

– ...

– Des rumeurs ! Quelle connerie. Le permis d'inhumer est déjà délivré. C'est l'article de *La Tribune de Lille* qui l'a tué. Tu l'as lu ?

– ...

– Je sais bien que c'est le dossier que tu as eu entre les mains. (La voix de Bornand est tendue, agressive, monte vers les aigus, plus qu'il ne le souhaiterait.) C'est de ça que je voulais te parler. Tu connais un certain Chardon ?

– ...

– Et tu sais qui tu emploies ? Un proxénète, maître chanteur et trafiquant de drogue. Pas forcément très reluisant.

– ...

– Bien sûr, j'ai des preuves de ce que j'avance. Chardon est compromis dans le meurtre d'une prostituée, il y a une dizaine de jours. La Brigade criminelle enquête sur lui, et c'est elle qui sort la panoplie de ses activités. Tu pourras vérifier facilement, je suppose que tu as tes introductions au 36. La Brigade a aussi la preuve que Chardon travaille pour ton journal. Pas sûr qu'ils s'en servent, mais sait-on jamais...

– ...

– Le plus important est à venir, André. Chardon émarge aux RG.

– ...

Ricanement :

– Le nez dans ta merde. La vraie question est : qui a ressorti le dossier Chardon, qui était bel et bien enterré il y a trois jours ? Et la réponse est : les RG.

– ...

– Non, je ne dérape pas. Chardon est dans un réseau de trafic d'héroïne avec un dénommé Beauchamp, chef de sécurité de la SEA. Tu vois de quoi il s'agit, puisque tu as eu le dossier entre les mains. C'est lui la source des informations. Quand la prostituée est assassinée, je ne sais d'ailleurs pas pourquoi, Chardon prend peur, les RG le mettent à l'abri, en le cachant, ou en l'assassinant...

– ...

Bornand, exaspéré, frappe du poing sur son bureau :

– Mais si, bien sûr, c'est possible. Ne te fais pas plus naïf que tu n'es. Il y a deux mois, ton journal s'est embarqué dans la campagne de presse sur les Irlandais de Vincennes... Je ne te reproche rien, mais je te rappelle que votre informateur, votre unique informateur, était traité par la DST. Aujourd'hui, c'est les RG qui tiennent Chardon. Ces gens-là nous haïssent, André. Les services de police officiels sont gangrenés par nos ennemis politiques. Et puis je suis, moi, directement dans le collimateur, car derrière moi, c'est la cellule de l'Élysée qui est visée, la cible de tous les services de police officiels parce qu'elle est la preuve vivante de leur inefficacité... Ce que nous vivons, André, c'est un véritable coup d'État policier, et je pèse mes mots. Je n'ai pas l'intention de les laisser faire. J'ai besoin de toi, tu ne peux pas me lâcher.

Quand Bestégui raccroche, il est profondément déstabilisé. Parano Bornand ? À l'évidence, pas complètement. Tant de faits s'emboîtent... Violent, le ton, à peine voilées, les menaces. Mais le moyen d'y échapper ? Un jour ou l'autre, il faut passer à la caisse. Autre version : fondamentalement, nous sommes dans le même bateau.

Il faut boucler pour demain soir. Tout juste le temps de se mettre au travail.

*

Laurencin pénètre dans la Brasserie des Sports vers cinq heures. Les clients se pressent autour du bar, mais seules quelques tables sont occupées dans la grande salle, plutôt silencieuse. Quelques vieilles dames, en train de boire du thé. Il se présente à la patronne, qui l'accueille chaleureusement, lui offre un pastis, et lui demande des nouvelles de l'enquête.

– Elle progresse, elle progresse..., dit-il à tout hasard. J'ai juste quelques photos à montrer à l'un de vos serveurs, je n'en ai pas pour longtemps...

Il s'installe à une table ronde, en terrasse, son verre à la main. Roger vient le rejoindre. Laurencin pose devant lui un jeu d'une trentaine de photos, des visages d'hommes, en noir et blanc.

– Prenez votre temps.

Roger se penche, très concentré, (« je ne suis pas sûr de le reconnaître, vous savez »), manipule toutes les photos, revient plusieurs fois en arrière, et finit par en choisir deux possibles. L'une d'elles est celle de Fernandez, le flic des RG affecté au service personnel de Bornand. Macquart sera content. Et les récups sautent.

*

Vers le milieu de l'après midi, Fernandez sort du pavillon Laurent, se retrouve dans les jardins des Champs-Élysées, une claque d'air froid, la nuit est en train de tomber. Il commence à marcher, droit devant lui vers l'Étoile, vers les lumières qui s'allument, vers la foule. Il n'a toujours pas encaissé le choc. KO debout, en pleine confusion mentale. Deux petits mots, obsessionnels : mal parti, mal parti. Marche plus vite, prend plaisir à se faire bousculer par le flot de piétons venus voir les illuminations ou faire leurs courses de Noël. Lent retour vers la lucidité. À proximité de l'Étoile, commence à pouvoir aligner quelques réflexions. Bornand se méfiait de Flandin. Il a contacté Beauchamp, et à eux deux, ils ont assasiné Flandin. Sa surprise quand il est arrivé : de la comédie. Comment s'y sont-ils pris, je n'en sais rien, mais ils l'ont assassiné, et Bornand s'est servi de moi comme témoin, pour valider l'accident cardiaque. Unique raison pour laquelle il m'a invité à ce déjeuner. Grande respiration. Voilà au moins une certitude. Et si Bornand en est là, c'est un homme fini.

Il continue à marcher à grands pas, commence à attaquer le tour de la place de l'Étoile par Wagram et Mac-Mahon, au rythme des feux rouges. Si Bornand est fini, je vais y passer aussi. Toutes les affaires tordues qui vont ressortir quand le patron ne sera plus là. Quatre ans, un bail. Et toujours sous pression. Pas sûr de me souvenir de tout.

Il remonte l'avenue Foch, direction la porte Dauphine, sans idées bien précises. Retourner aux RG... Inaccessible... Ne peuvent pas encadrer Bornand. Et Cecchi... Peut-être lever une pute de luxe dans l'avenue... chez Mado, pour un bon moment, il ne faut plus y songer... Et s'arrête devant l'immeuble où habite Cecchi. S'assoit sur un banc. Une autre certitude, c'est Cecchi qui a fait sortir le dossier dans *La Tribune de Lille* pour faire pression sur Bornand, qui ne s'en doute pas encore, Cecchi va se servir de moi comme intermédiaire, il me tient, et c'est l'enfer. Coincé entre les deux, je ne peux pas survivre... Coincé... Mais si Bornand est fini, il ne reste plus que Cecchi... Fernandez se redresse sur son banc, réalise qu'il est gelé. Quelques amphets, et debout. Un jogging, au ralenti, juste pour se réchauffer.

*

Laurencin rapporte les photos et de bonnes nouvelles : une forte chance que Fernandez ait été à la Brasserie des Sports le jour du meurtre de Katryn. Macquart déguste lentement l'information, en silence, yeux mi-clos. Assassin de Katryn, et probablement aussi de Chardon. Encore un effort, et Bornand est dans la nasse. Il se redresse.

– Bien, Laurencin. Depuis ce matin, un article de *La Tribune de Lille*, et un repas chez Laurent, je suis convaincu que Bornand est impliqué d'une façon ou d'une autre dans des trafics d'armes. Sur ce terrain, nous n'avons rien sur lui, et certainement beaucoup de retard sur d'autres services dont c'est la spécialité, en particulier la DST. Mais nous pouvons récupérer l'initiative sur d'autres terrains. Bornand est probablement mouillé, directement ou indirectement, dans deux meurtres. Nous allons jouer Fernandez comme notre atout maître. Je vais le convoquer dès que possible dans ce bureau. Ça ne nous empêche pas d'explorer d'autres pistes. S'il y a eu des frictions entre Bornand et Chardon, connaissant Chardon, c'est qu'il doit y avoir des histoires de mœurs ou de drogue à la clé. Par acquit de conscience, j'ai téléphoné à un de mes amis aux Stups, le commissaire Daquin. Il m'a confirmé que Bornand consomme, mais Cecchi le fournit régulièrement et sans problème. Rien à en tirer. Reste la maîtresse de Bornand. Nous n'avons rien dans nos dossiers sur elle, ce qui est une lacune regrettable, et je compte sur vous pour y remédier. Sur Françoise Michel, nous ne savons qu'une seule chose : son attachement à sa mère, qui habite en Savoie. Elle lui téléphone toutes les semaines, et passe la voir plusieurs fois par an. Vous y allez demain matin. Annecy, c'est une jolie région. Vous creusez tout autour, et vous ramenez ce que vous pouvez. Sur la fille de préférence, mais aussi sur la mère, ça peut être utile.

Mardi 10 décembre

Premier objectif de Laurencin : Antoinette Michel. Il a son adresse, et son numéro de Sécurité sociale, c'est à peu près tout. Ensuite, il lui faudra improviser. Il roule à plus de cent-cinquante, autoroute, le Morvan qui défile, dans la nuit, il faut prendre la piste le plus vite possible.

La maison est belle, sur les pentes du lac d'Annecy. Au milieu d'un large cirque de montagnes, un chalet en bois sombre construit sur une base de pierres blanches, terrasse, balcon ouverts sur un pré, en pente raide, planté de quelques arbres fruitiers dénudés ; en contrebas, beaucoup plus bas, le lac, minéral. Laurencin, immobile dans le paysage, respire lentement le silence et le froid. Il se retourne. Une pièce éclairée au premier étage, rien ne semble bouger. Derrière, un grand garage, qui donne sur la route, la porte n'est pas fermée, il entre, jette un œil, bien rangé, et au centre, une grosse Range Rover, dont les pneus sont encore marqués de terre.

Une femme riche, ou au moins très à l'aise, vie apparemment tranquille. Pour l'instant, difficile d'en savoir plus, et dangereux de s'attarder. Direction les bureaux de la Sécu, à Annecy.

*

La même pièce, déjà familière, le même Macquart, toujours glacial, embusqué derrière son bureau, qui attaque immédiatement :

– D'abord, quelques principes de travail. Nous travaillons toujours en équipes très restreintes. Quand vous êtes sur un dossier, vous n'en parlez qu'à votre équipier et à moi. À personne en dehors de ce bureau, dans la maison ou ailleurs. C'est la règle de base. La deuxième règle, c'est que tout me remonte. Rapports quotidiens et exhaustifs. Il peut se faire que vous ayez à agir de façon plus ou moins légale, mais c'est moi qui en décide. Et je ne tolère aucune exception. Compris, Ghozali ? (Elle acquiesce, lisse, sans broncher.) Les RG sont une police un peu particulière. Notre finalité à nous, c'est la recherche de la vérité. (Il martèle chaque mot de légers coups sur son bureau.) La vérité où qu'elle soit, quelle qu'elle soit. Suis-je clair ? (Signe de tête.) Ensuite, on réfléchit à la façon dont on l'utilise, et c'est encore moi qui décide. Ici, nous ne faisons pas de police judiciaire. L'institution judiciaire, inconnue dans la maison. Nous sommes d'accord ?

– D'accord.

– Bien. (Il se lève.) Je vais vous présenter l'inspecteur avec lequel vous allez travailler sur cette affaire.

Petite salle de réunion, aménagée dans le bout d'un couloir, éclairée par un Velux. Une table, cinq chaises rembourrées occupent tout l'espace, fermé par une porte insonorisée. Dans un coin, un frigo, avec toutes sortes de boissons.

– Pour le café, dit Macquart, il faut aller à la machine dans le couloir.

Sur la table, des blocs de papier, des feutres, et un compotier plein de carrés de chocolat. Pas de cendriers. Un type se lève quand ils entrent. Macquart fait les présentations :

– Inspecteur Levert. Un des meilleurs flics des RG...

Dans les trente-cinq ans, l'allure sportive, une gueule étroite, en longueur, avec un nez saillant, et une mèche de cheveux très raide, entre châtain et gris. À l'instinct, flic viril. Méfiance.

– ... Noria Ghozali, enquêtrice. Une nouvelle recrue. Beaucoup de dispositions, à mon avis, mais tout à apprendre. Je compte sur toi, Milou.

Ils s'assoient. Macquart, détendu, prend un chocolat, et commence.

– Faisons d'abord le point de notre dossier sur le meurtre de Fatima Rashed, et vous allez voir qu'il est un peu différent de celui de la Crim. Commençons par Chardon. Un journaliste impliqué dans tous les trafics sexuels et maître chanteur, qui fait tourner son fonds de commerce avec beaucoup de dextérité et de prudence. Nous le tenons, nous l'avons fait condamner pour proxénétisme, et du jour au lendemain nous pouvons le faire mettre en taule. Pour nous, c'est une mine de renseignements. Dès l'ouverture de l'enquête, j'ai informé la Crim qu'il émargeait chez nous. Il y a une quinzaine de jours, il nous glisse qu'ici et là, on parle de la maîtresse de Bornand. Vous connaissez Bornand ? Non ? C'est un conseiller et ami proche du Président, qui joue un rôle occulte important dans la politique de l'Élysée. Il est l'un des responsables de la cellule de l'Élysée, la police privée du Président. Donc un personnage qui compte, et dès qu'il apparaît dans un dossier, celui-ci est à manier avec des pincettes. C'est pourquoi je ne pouvais pas vous laisser batifoler en liberté dans les environs. Toujours est-il que Chardon ne nous en a pas dit plus sur la maîtresse de Bornand. Les bruits seraient encore trop vagues, ou, plus probablement, il ne les a pas encore exploités, et ne veut pas que nous risquions de lui casser son coup, et nous, nous n'avons rien sur elle dans nos dossiers. Pas une fiche. C'est une erreur, je vous l'accorde. Et il faut maintenant travailler dans l'urgence. (Il s'arrête, reprend un chocolat.) Le matin du meurtre de Fatima Rashed, Bornand nous fait demander une fiche personnelle sur Chardon. Nous la lui donnons, expurgée évidemment. Nous savons par ailleurs que Fatima Rashed était une des call-girls préférées de Bornand et qu'elle a passé la nuit qui précède son assassinat dans une partouze avec lui et ses amis. Enfin, Bornand est un des principaux protecteurs de Mado, et Martenot est son avocat. Ça fait trop de coïncidences.

Il s'arrête, la regarde :

– Vous me suivez ? Pas de questions ?

Elle suit.

– Le scénario sur lequel nous travaillons est le suivant : Chardon a en main certains éléments sur la vie sexuelle de Françoise Michel qui lui permettent de la faire chanter. C'est une habitude chez lui, et sa source essentielle de revenus. Il approche Bornand, peut-être par l'intermédiaire de Fatima Rashed. Ça se termine par un massacre. Pour moi, Chardon est mort, sinon il nous aurait contactés pour que nous le protégions, ce que nous aurions fait, d'ailleurs. Hier, après votre départ, j'ai envoyé un inspecteur à la Brasserie des Sports. Le serveur a identifié celui que vous appelez le deuxième homme. C'est Fernandez, un flic détaché à la sécurité personnelle de Bornand. Vous voyez comme l'histoire s'enclenche bien ? Là-desssus, hier, du nouveau. Bornand trempe, d'une façon ou d'une autre, dans un trafic d'armes dont rien, pour l'instant, à notre connaissance, n'établit le lien avec Chardon. Nous avons décidé de continuer à travailler dans la même direction, parce que nous y trouverons de toute façon notre compte. Il ne nous reste plus qu'à découvrir pourquoi Chardon pouvait faire chanter Françoise Michel, et nous tenons Bornand. Un de mes inspecteurs est déjà en train de fouiller dans le passé de Françoise Michel. Le passé éclaire toujours le présent, au moins en matière de police. Vous deux, vous allez prendre Françoise Michel en filature. Il faut être attentif à tout, puisque nous ne savons pas ce que nous cherchons. (Coup d'œil critique sur Noria.) Milou, tu te chargeras de l'habiller de façon plausible dans le milieu où vous allez opérer. (Il ouvre un dossier, sur son bureau.) Je vous ai fait préparer une note synthétique abrégée sur Bornand, pour vous donner une idée du personnage, et quelques repères chronologiques. Ça pourra vous être utile.

Biographie de François Bornand

Né le 10/04/21, à Lyon, enfant unique, famille très catholique. Père, Raymond Bornand, officier de carrière. Mère, Delphine Bornand née Gautron, est partie visiter de la famille aux États-Unis en août 1939, elle n'a plus jamais donné signe de vie après la déclaration de guerre. François Bornand obtient brillamment son bac littéraire en 1939 et s'inscrit en fac de droit à Lyon à l'automne 1939. En mai 1940, le capitaine Bornand est tué au front. François est alors pris en charge par Édouard Thomas, un lointain cousin de sa mère, qui possède et dirige la Teinturerie Lyonnaise, une entreprise de chimie et colorants qui emploie une cinquantaine de personnes, à Lyon la Part-Dieu. Après l'armistice de juillet 40, Thomas entre en rapport avec l'administration de Vichy, les comités d'organisation de la production et le secrétariat à la Production industrielle. Jusqu'en 1944, des contrats réguliers avec l'armée allemande lui permettront d'assurer le développement constant de son entreprise. François Bornand, toujours inscrit à la faculté de droit, rejoint en janvier 1941 le chantier de jeunesse maréchal Pétain, dans l'Allier, où il reste jusqu'en octobre 1941. De novembre 1941 jusqu'à novembre 1942, il travaille à Radio Vichy comme journaliste spécialiste de la jeunesse. Il aurait alors pris contact avec des mouvements de résistance (pas de témoignages avérés). Il quitte ce poste lorsque l'armée allemande envahit la zone sud, et rentre à Lyon, chez son oncle Thomas. Il s'inscrit à la Milice dès sa création, groupe de la Croix-Rousse, pour l'infiltrer au profit de la Résistance, d'après ses dires et quelques témoignages dignes de confiance, recueillis en 1946. Il la quitte en mars 1943, sur le point d'être démasqué, et disparaît. En août 1944, il est à Paris, et participe à la libération de la capitale. En 1945, il y retrouve Édouard Thomas, qui, après quelques démêlés avec les comités de libération lyonnais, a changé le nom de son entreprise, devenue TCP (Thomas Chimie Pharmacie), a implanté le siège social à Paris, où il s'est lui-même installé, et prend le virage de l'industrie pharmaceutique. En 1947, François Bornand épouse Nicole Thomas, fille unique d'Édouard, et crée la même année sa propre entreprise d'import-export, spécialisée dans le commerce avec les pays émergents, Proche et Moyen-Orient et Pakistan. Il prend une place importante dans le commerce des armes d'occasion (revente des stocks américains) et de produits chimiques et pharmaceutiques, en liaison avec la société de son beau-père. Il a donc une parfaite connaissance d'un certain nombre de pays étrangers, ce qui fait de lui un interlocuteur précieux des services de renseignements français (SDECE). Ses engagements politiques viennent appuyer ses diverses activités professionnelles. Atlantiste et anticommuniste militant, il est un temps intégré dans le réseau clandestin Arc-en-ciel, chargé de lutter sur le territoire français contre toute forme de pénétration communiste et financé par la CIA. Il entretient également des rapports suivis avec certains agents de la CIA au Moyen Orient.

Dès 1954, il entre en relations d'affaires avec le cabinet d'avocat de F. Mitterrand. Les deux hommes se rapprochent sur le plan politique en 1958, autour du refus intransigeant du 13 mai 1958 et du général de Gaulle. À partir de cette date, Bornand prend ses distances avec les services secrets français, tout en restant très lié aux Américains, dont il adopte les positions en faveur de l'indépendance de l'Algérie. Pendant toute la guerre d'Algérie, il maintient des relations avec le GPRA, relations d'affaires essentiellement, qui lui valent quelques ennuis en France, deux ans de résidence en Suisse, et une audience accrue dans les pays du Moyen-Orient.

En 1963, Édouard Thomas meurt d'un cancer du poumon. TCP, qui est devenue la cinquième entreprise pharmaceutique française, est vendue à Roussel, au bénéfice de Bornand et de sa femme. Bornand confie alors ses intérêts au cabinet d'avocats Martenot, qui était déjà celui de son beau-père. Quant à sa femme, elle le quitte la même année, et va s'installer dans une de ses propriétés dans la région de Saumur, où elle réside toujours, et élève des chevaux.

En 1965, il a un rôle important dans la campagne présidentielle du candidat Mitterrand, en jouant les intermédiaires auprès de quelques gros industriels français, qui financent la campagne. C'est sa seule apparition publique connue. Il reste plus en retrait ensuite, mais toujours très proche du Président. En 1981, après l'élection de François Mitterrand à la présidence de la République, il vend sa société d'import-export, très au-dessus du prix du marché, par l'intermédiaire de la banque Parillaud, grâce à un heureux concours de circonstances, et à l'amitié présidentielle. Mais il conserve certains de ses intérêts à l'étranger, en particulier dans la BIL (Banque internationale libanaise) dont il est l'un des associés fondateurs. Et devient conseiller personnel du Président à l'Élysée où il joue un rôle dans les choix en matière de politique étrangère grâce à ses multiples relations à la fois chez les Américains, en Israël et dans les pays arabes, et en matière de sécurité du territoire, et à ce titre, il participe à la fondation et à l'animation de la « cellule antiterroriste de l'Élysée », en août 1982. Il garde un rôle prépondérant dans le contrôle et la direction de cette police privée du Président.

Bornand est un grand amateur de femmes, ses conquêtes sont innombrables et sans lendemain. En 1966, trois ans après que sa femme l'a quitté, il rencontre Françoise Michel, qui devient sa maîtresse, et l'est toujours, sans que pour autant le rythme de ses conquêtes féminines se ralentisse. Par ailleurs, il est grand utilisateur de prostituées, et entretient des rapports très amicaux avec Mado, la plus célèbre entremetteuse française, en faveur de qui il est intervenu à de nombreuses reprises auprès de divers services de police, et il a fréquemment recours aux services de son réseau quand il reçoit des hôtes étrangers. Consommateur de drogues douces et un peu plus dures, sans problèmes d'approvisionnement ou de chantage connus.

*

Mado s'ébroue en entrant dans le bureau de Macquart.

– Il fait un temps à ne pas mettre un chien dehors.

Très bonne bourgeoise, comme d'habitude. À peine maquillée, une mise en plis minutieuse et laquée. Un long manteau en mouton retourné, gris perle, des bottes et un sac Lancel de cuir noir. Macquart reste embusqué, regard attentif, visage figé, expression minimum. Lui fait signe de s'asseoir. Elle garde son manteau, et lui sourit :

– Que me voulez-vous, commissaire ? Vous savez que venir ici, pour mon entreprise, ce n'est pas forcément une forme de publicité.

– Madame, justement, compte tenu de la nature de votre entreprise, je ne vois pas où un commissaire de police pourrait vous rencontrer ailleurs que dans son bureau.

– J'adore votre sens de l'humour, commissaire.

– Tant mieux. Je cherche Fernandez. Il a disparu depuis hier après-midi.

Mado affiche sa surprise, légèrement surjouée.

– Pourquoi me dites-vous ça à moi, commissaire ?

– Parce que c'est un de vos clients réguliers, et qu'il est, disons, en affaires avec Cecchi. Je pense que vous avez plus de moyens que moi de le retrouver, et il m'est plus utile qu'à vous. Comme il est grillé, c'est un échange dans lequel j'ai beaucoup à gagner, et vous peu à perdre. Nous devrions trouver un terrain d'entente.

Silence. Mado évalue. Il en sait plus que je ne pensais. Cecchi ne va pas être content. Après l'histoire Katryn et Chardon, décidément, la maison prend l'eau. Évasive :

– Je vais questionner mes filles...

– J'attends de vos nouvelles, aujourd'hui, demain matin au plus tard. (Il se lève pour la raccompagner jusqu'à la porte.) Vous êtes intouchable, Mado. Mais combien de temps tiendriez-vous sans Cecchi ? Un mois ? Deux mois ? Moins que ça ?

*

Dès l'ouverture des bureaux, Laurencin est dans celui du chef de service de l'URSSAF d'Annecy. Chance, c'est une femme. Mais au premier coup d'œil, il estime qu'il est inutile de le jouer à la séduction. Carte de police, Antoinette Michel est vraisemblablement sous la menace d'un chantage. Dites-moi ce qu'il y a dans son dossier, je gagnerai du temps, et personne n'en saura rien.

La femme sort le dossier sans trop de réticences. Née le 24 janvier 1926. Ouvrière à la SNR (Société nationale de roulements), à Annecy de 1946 à 1966, date à laquelle elle prend une retraite anticipée, qui lui est versée à la banque Leydernier. Jamais malade. Voilà tout. Une petite dame bien ordinaire.

À la banque, Laurencin se retrouve dans un tout petit bureau, avec une employée de l'agence, sous prétexte d'ouvrir un compte courant, et peut-être, aussi, ça dépend des conditions que me fera la banque, épargne logement... La conversation s'engage. Mme Michel, sa voisine. Une femme charmante. Il l'a toujours connue sans mari, très jeune retraitée, et pas de soucis financiers. Certains ont plus de chance que d'autres.

– C'est sûr. Avec ce que lui envoie chaque mois sa fille, elle est à l'abri du besoin, croyez-moi.

Coup de fil à Macquart :

– Si chantage il y a, il semble bien que ce soit la mère et la fille qui tiennent Bornand.

– D'accord.

– Si on recoupe, on sait qu'Antoinette Michel est à Lyon en 1943, c'est là qu'elle accouche de sa fille. Bornand est à Lyon, dans la Milice, la même année. Une période troublée. C'est intéressant d'aller voir ce qu'on peut trouver ?

– C'est intéressant.

Lyon vers le milieu de l'après-midi. Aux archives départementales, une charmante jeune dame un peu boulotte, passionnée par son travail de mémoire, et les beaux gosses. Laurencin évalue la situation. Cette fois-ci, le jeu de la séduction est obligatoire, mais je sais déjà qu'elle ne me surprendra pas. Ils s'enfoncent tous deux dans les dossiers, double entrée, année 43 et Milice. Et trouvent : Jules Michel, le père d'Antoinette, responsable de la Milice pour la Croix-Rousse. Et Bornand dans son groupe, avant de disparaître sans laisser de traces au milieu de l'année 43.

Laurencin relève la tête, sourit à l'archiviste, et replonge. Septembre 44, Michel liquidé par les partisans. Dans la presse de l'époque, une photo d'Antoinette Michel marchant dans une rue, mine défaite, cheveux rasés, robe à pois, un bébé dans les bras, Françoise sans aucun doute, et une rangée d'hommes jeunes et rigolards derrière elle. La légende dit : « Une femme tondue, rue de Belfort. » Celle-là même où habitaient les Michel, au numéro 29.

Il est dix heures du soir. Petit dîner à deux à la Brasserie Georges, le fameux saucisson de Lyon à la pistache et une fillette de brouilly. Là non plus, pas de surprise, mais c'est bien agréable. Comme le vin, les lèvres de l'archiviste ont un goût de fraise des bois.

*

La voiture banalisée est garée dans l'avenue de La Bourdonnais, avec le portail de l'immeuble de Bornand en point de mire. Levert est assis derrière le volant. Il a ri quand Noria lui a dit qu'elle ne savait pas conduire. « Et prendre des photos, tu sais ? » Non, elle ne sait pas non plus. Il fait des mots croisés, et mâche du chewing-gum. Une vitre est entrouverte. Noria, assise à côté de lui, est figée. Attente, espace clos, promiscuité, tout un ensemble de sensations nouvelles à digérer.

Un taxi Peugeot blanc stoppe devant le portail. Levert lâche son journal, met le moteur en marche. Petite crispation dans la poitrine, c'est le début de la chasse. Une femme sort, grande, mince, manteau en poil de chameau ceinturé à la taille, bottes de cuir brun, chapeau feutre marron, posé sur un chignon blond, grand sac fourre-tout en cuir à l'épaule. Noria la reconnaît : la blonde aperçue à la sortie du cimetière, hier. L'autre, le grand mince, c'était donc Bornand. Revoit le geste avec lequel il lui saisit le bras, l'immobilise : elle s'est soumise.

Le taxi démarre. Il est 15 heures 59, note-t-elle. Facile à suivre, circulation dense, sans plus. Arrivée à la gare de Lyon à 16 heures 32. Françoise Michel prend un billet TGV pour Genève (Ghozali et Levert aussi), achète une pile de magazines, et monte boire un verre, seule, au Train Bleu. À 17 heures 15, départ du train. Françoise Michel est installée en première, feuillette ses magazines, somnole, regarde la nuit qui défile, s'ennuie. Vers 19 heures 30, elle commande un plateau-repas dont elle laisse la moitié.

Arrivée en gare de Genève à 21 heures 10. Taxi, jusqu'au Hilton, quai du Mont-Blanc, face au lac. Grand hôtel moderne, luxueux, impersonnel. À la réception, Françoise Michel prend la clé de sa chambre et se dirige vers le Lobby Bar, juste derrière la réception.

Françoise Michel y pénètre, le sac sur l'épaule. Noria la suit. Pendant que Levert tourne dans la galerie marchande, achète un petit cigare, commence à le fumer, en attendant de pouvoir revenir tranquillement à la réception. Rouges la moquette, les fauteuils groupés par quatre autour de tables basses, les grandes banquettes le long des murs, les tabourets gainés de cuir, et même le grand bar incurvé, lumières jaunes tamisées sur les murs, spots encastrés dans le plafond bas laqué cuivre, pas du tout intime, plutôt hall aménagé, entre les ascenseurs et l'entrée de l'hôtel, et assez agressif. Musique de fond. Dans un coin, il y a un piano, mais il est resté sous sa housse. Pas mal de monde, par petits groupes, surtout des hommes, et qui semblent bien, un peu partout, parler affaires.

Françoise Michel hésite à la frontière de l'espace bar, un homme se lève, la quarantaine sportive, cheveux courts, visage carré. Elle se dirige vers lui, avec un soupçon d'incertitude dans le geste, quelques mots, puis il lui avance un fauteuil, elle s'assoit. Ils avaient rendez-vous sans se connaître, note Noria, qui lui emboîte le pas, mal à l'aise dans ce décor de pseudo-luxe clinquant, la main sur son porte-carte dans la poche de son manteau, dépasse le couple et va s'installer à quelques tables de là, en choisissant soigneusement l'angle. Ils commandent un tequila sunrise et un whisky. Noria prend une infusion, regarde, et gamberge.

D'abord, quelques échanges distants, puis Françoise Michel se penche vers l'homme par-dessus son verre, s'approche de son visage (Noria imagine la peau soigneusement rasée, lisse, tendre aux frôlements des doigts, respire l'odeur de tabac froid : photo), elle a envie de fumer. L'homme sort un étui à cigarettes de sa poche, lui en offre une, l'allume, elle aspire profondément, en le regardant. Elle pense au premier contact des deux corps nus, ce sera la surprise, la découverte, la jouissance presque immédiate. Après, on reprendra plus calmement, mais ça n'aura déjà plus le même charme. Elle lui sourit. L'homme finit son verre, l'aide à se lever, lui prend le coude, et ils sortent côte à côte. Photo.

Comédie bien rythmée, bien menée, sans fioritures inutiles. Elle sait y faire, pense Noria, enfoncée dans son fauteuil, qui dérive en buvant un tilleul. Flash sur les lèvres de Bonfils, légèrement ourlées, fraîches sous la langue. Levert navigue au ralenti entre les tables, la rejoint, s'assoit, écrase son mégot de cigare dans un cendrier, et commande un cognac. Cigare, cognac, quel goût peuvent avoir ses lèvres à lui, maintenant ?

– Je ne suis pas parvenu à identifier l'homme. Françoise Michel s'est inscrite sous le nom de Monica Davis, et ils sont montés tous les deux dans sa chambre à elle.

– Bornand prostitue sa maîtresse ? Le scénario de Macquart, avec chantage sexuel à la clé, a l'air de pouvoir marcher. On ne doit pas être loin.

– Demain, on continue les photos. Et maintenant, j'ai pris une chambre pour nous deux, à côté de celle de Monica Davies.

Noria se fige. Levert rit.

– Ne te fais pas d'idée, Ghozali. Jamais pendant les heures de service, jamais avec une collègue.

Noria se lève, se penche vers lui, lui sourit :

– Et jamais avec une bougnoule, c'est ça ?

*

Macquart regarde sa montre : déjà neuf heures du soir. Trop tard pour rentrer chez lui, une grande maison à Chaumont-en-Vexin, avec un hectare de prés autour. Il s'imagine arrivant à dix heures du soir passés, sa femme et ses cinq enfants déjà couchés et profondément endormis, rien à manger dans le frigo, un intrus. Repartir au matin, avant qu'ils ne se réveillent... Il va manger un sandwich dans une brasserie du Châtelet, et passer la nuit dans un petit hôtel de la gare du Nord où il a ses habitudes, sous le nom de Durantex, représentant de commerce.

*

Trouver Cecchi n'est pas difficile. Presque tous les soirs, après minuit, il passe au Perroquet Bleu, rue Pigalle, un terrain neutre où se rencontrent quelques patrons du trottoir qui négocient entre eux frontières et tolérances, quelques flics qui participent aux négociations, quelques hommes politiques, et beaucoup de noctambules plus ou moins connus, à la recherche de sensations et de cocaïne. Fernandez connaît bien les lieux pour les avoir fréquentés à différentes reprises, à la remorque de Bornand, d'abord, ensuite pour son propre compte. C'est là qu'il a rencontré Cecchi. Début et fin d'une histoire.

Si Pigalle est animé la nuit, à quelques dizaines de mètres de là, dans les petites rues, c'est extrêmement calme, presque désert. Vers neuf heures du soir, Fernandez, le nez dans une grosse gerbe de glaïeuls, pénètre dans un immeuble de la rue Henner à la remorque d'une jeune femme qui pianote le code d'entrée. Il passe dans la cour, obscure, escalade le mur du fond, force la porte d'une réserve, une simple serrure et deux tours de clé, et se retrouve dans l'arrière-boutique d'un marchand de journaux dont la vitrine donne en face du Perroquet Bleu.

Fernandez met des gants, se déplace lentement, petite lampe torche, tâtonne jusqu'à la vitrine, dépose sur le comptoir, à portée de main, la gerbe de glaïeuls et une ceinture banane pleine de petits outils. Vérifie l'heure : 21 heures 23. Ça ira, mais il ne faut pas traîner. Un effort de concentration, se rappeler exactement la disposition des lieux de l'autre côté du rideau de fer. Choisit un emplacement, ventouse, diamant, d'un geste précis, il découpe un cercle suffisamment large dans la vitrine pour pouvoir atteindre facilement le rideau de fer. Trace une forme oblongue, sort une perceuse électrique de poche. Ne pas attirer l'attention. Tend l'oreille, attaque au moment où une voiture roule devant la boutique. Ne pas laisser la vrille transpercer le rideau, et jaillir dans la rue, ça manquerait de discrétion. Il faut donc sentir l'intensité de la pression, et céder un instant avant la paroi métallique. Mains intelligentes, l'esprit complètement absorbé, il est en sueur. Puis, à travers les premiers trous, une perception floue de l'activité de la rue est possible. Le travail continue, toujours minutieux, mais moins tendu. Peu de piétons, finalement, ceux qui vont au Perroquet Bleu passent sur l'autre trottoir. Au bout d'une heure et demie de travail, les quatre cinquièmes de l'ovale sont découpés. Éprouve du bout des doigts la solidité de la tôle : elle plie. Satisfaction du travail bien fait. Range son matériel. Pousse le comptoir devant la vitrine, extrait du bouquet de glaïeuls un fusil à laser, canon court, emprunté à l'armurerie des gendarmes de l'Élysée, toujours à la pointe du progrès, vérifie le mécanisme, charge, s'assied sur le comptoir, et pose le fusil à côté de lui. Il est onze heures trente-huit, commence une longue attente, l'œil braqué sur l'entrée du Perroquet Bleu.

Perroquet Bleu. Première prise de coke, sur un coin de table. L'impression de découvrir la vie. Coke, chaleur, flash : la tête de Katryn, hurlante, un trou sombre sous un casque de cheveux noirs, la nuque éclate, une tache de sang s'élargit au ralenti sur le mur, un corps qui glisse très lentement, replié sur lui-même, un tas de chiffons. Plus de son. Pas maintenant, les fantômes. Boîte à pilule en or, deux amphets. Se vider la tête, à tout prix. Se récite inlassablement l'enchaînement des gestes à faire. La voiture de Cecchi ralentit, s'arrête, Cecchi en sort, se redresse...

À minuit seize, Bornand, au volant de sa Porsche, freine brutalement devant le Perroquet Bleu (choc, montée d'adrénaline), descend, laisse ses clés au voiturier (Fernandez le met en joue, une envie de meurtre à couper le souffle), et rentre dans le bar. Soupir. Chute de tension. Mains tremblantes. Amphets.

À minuit trente-deux, arrivée de la berline de Cecchi. Il sort par la portière arrière gauche. Et par la portière arrière droite, Beauchamp...

Fernandez, stupéfait, l'esprit qui mouline : Cecchi, Beauchamp se connaissent, *La Tribune de Lille*, c'est eux.

... Ils échangent quelques mots en riant par-dessus le toit de la voiture..

Flandin aussi ?

... La BM démarre en douceur, les deux hommes s'approchent du portier, s'arrêtent pour le saluer...

Et le sabotage de l'avion ? Des marchands d'armes qui les paient ? La main se crispe sur la détente, Cecchi prend la balle en pleine tête. Une deuxième éclate l'enseigne lumineuse du Perroquet Bleu. Beauchamp et le portier se jettent au sol, Beauchamp se contorsionne pour sortir son revolver coincé sous son manteau, et tire en direction du rideau de fer. Des hommes surgissent du bar, courbés en deux, le portier fait des signes incohérents, deux ou trois minutes de confusion intense.

Fernandez est déjà loin. Il n'a pas attendu de vérifier si Cecchi était bien mort, il a ramassé le fusil et le bouquet, foncé vers la sortie, et mis quarante-cinq secondes à rejoindre la rue Henner. En trois minutes, il est dans le flot du boulevard de Clichy. Et gagne à pied la place Clichy, son bouquet, et le fusil glissé dedans, toujours à la main. Trop tard pour le dernier métro. Surtout pas de taxi. Il se glisse dans les ruelles entre Clichy et La Fourche, au hasard. Une 205 noire, un modèle discret, qu'il connaît bien. Une minute et demie pour crocheter la portière, toujours performant, et il quitte le quartier au moment où il entend, à quelques rues de là, les sirènes des voitures de police.

Mercredi 11 décembre

Dès sept heures du matin, Macquart, douché et rasé de frais, passe acheter la presse à la gare du Nord, et s'installe au Terminus Nord, pour prendre un grand crème et des croissants. Parcourt les quotidiens. Rien à signaler. Puis *Le Bavard Impénitent*, hebdomadaire satirique paraissant le mercredi. Et là, en première page, un article court, mais lourdement souligné par la mise en page, et signé de l'éditorialiste habituel du journal, André Bestégui : *Les RG ne sont pas des balances.*

Vendredi 30 novembre, une prostituée de grand luxe est assassinée à Paris. Certains clients ont parfois de sales manies. Et son cadavre est retrouvé du côté du chantier de la Villette. Pourquoi pas? Ce n'est pas pire qu'ailleurs, pour crever.

La Criminelle enquête : c'est son métier, et elle le fait plutôt bien. Elle identifie rapidement le dernier homme à avoir vu la prostituée vivante, un dénommé Chardon. Mauvaise pioche. Chardon n'est pas n'importe qui. C'est un journaliste spécialisé dans les échos sur la vie sentimentale de la haute société parisienne. Mais ce n'est pas son seul talent. Il peut ausssi corser ses récits de quelques photos desdites personnalités dans des situations scabreuses, dont il se sert pour arrondir ses fins de mois. En somme, la plupart des journalistes gagnent leur vie en publiant, lui la gagne en ne publiant pas.

La Criminelle, faisant preuve d'un regrettable manque de discernement, poursuit son travail, et tombe chez le Chardon en question sur un stock d'héroïne en provenance du Liban, via l'Afrique noire francophone. Tiens, pré carré, chasse gardée, comme on se retrouve.

Mais l'histoire ne s'arrête pas en si bon chemin : Chardon n'est pas à son compte : il émarge aux Renseignements généraux, ceux de la Préfecture de Paris, qui utilisent ses dossiers et ses photos dans leur propre cuisine. Or la prostituée assassinée travaillait pour Mado, la mère maquerelle qui a la clientèle de tout le gratin parisien : hommes politiques, hommes d'affaires, hôtes étrangers de marque, et depuis plus de dix ans. Et Mado... vous l'avez deviné... émarge, elle aussi, aux RGPP. S'agit-il d'un règlement de comptes interne à cette honorable institution?

La Criminelle aimerait bien interroger un peu plus précisément Chardon. Seulement voilà, ses employeurs affirment ne pas savoir où il se trouve. Et Mado est muette.

Exit la Criminelle, ce sont les RG qui mènent le bal.

Police politique, police vérolée, une société a la police qu'elle mérite.

Macquart jure deux fois, paie son addition et prend un taxi pour arriver plus vite au bureau.

Là, il trouve des messages de Levert et de Laurencin : les recherches suivent leur cours, encore rien de précis. Et un autre de Patriat, le chef de groupe de la Criminelle responsable de l'enquête sur le meurtre de Fatima Rashed : « Passer me voir dès que possible. »

Juste le temps de fixer une réunion avec les huiles des RGPP à dix heures, avec un seul point à l'ordre du jour : l'article du *Bavard Impénitent*, et Macquart passe chez les voisins, au 36 quai des Orfèvres.

Patriat le reçoit avec deux hommes de son équipe. Les visages sont fatigués et tendus.

– La nuit a été dure. Cecchi a été abattu vers minuit et demi, devant le Perroquet Bleu...

Macquart n'a pas besoin de se forcer pour avoir l'air surpris.

– ... Mon équipe a beaucoup apprécié votre collaboration sur Chardon. (Patriat marque un temps d'arrêt.) Mado vous accuse d'avoir monté le meurtre. Vous l'auriez convoquée hier dans votre bureau, et vous l'auriez menacée en lui disant qu'elle ne tiendrait pas un mois si Cecchi était abattu.

– Joli.

La première réunion de la journée dans le bureau de Macquart est plutôt morose. De l'avis général, l'article de Bestégui est télécommandé par Bornand, les liens entre les deux hommes sont de notoriété publique.

– C'est une déclaration de guerre de Bornand aux RG.

– Ça y ressemble.

– Et vous voyez pourquoi, en dehors de sa haine congénitale pour tous les services de police officiels ?

– Non, pas bien. Le fait que Chardon émarge chez nous me paraît un motif tout à fait insuffisant. Et nous n'avons pas ouvert les hostilités...

– Une attaque contre Mado, dans le même article, c'est une grande première dans ce genre de presse qui l'a toujours ménagée... Après tout, les journalistes ont les mêmes sources que nous...

– Le jour même où son homme se fait plomber. Coïncidence ?

– Plomber par qui ?

– Aucune idée.

– Peut-être autour de la prise de contrôle du Cercle de jeu du bois de Boulogne ?

– Toujours possible, mais nous n'avons entendu parler de rien.

– En tout cas, pas plombé par nous, mais les accusations contre Mado, c'est très bien joué. Si la guerre est déclarée, on peut voir derrière la mise en cause de Mado l'inspiration de Bornand pour la forcer à sortir du bois. Et ça alourdit sérieusement notre dossier.

– Et pourquoi pas Bornand également derrière le meurtre de Cecchi ? Il en est capable. Fernandez serait dans le coup ?

– Je le fais chercher activement, je continue à penser que c'est notre meilleure carte. Mais pas la moindre trace, il semble s'être volatilisé, comme Chardon. Ça fait beaucoup. (Un blanc.) Bon, j'ai besoin d'un peu de recul, pour comprendre. Et j'attends des nouvelles de mes trois jeunes. Il ne faut pas désespérer, ni se précipiter. On va prendre une choucroute à L'Alsace à Paris, avec une bonne bouteille ?

*

Françoise Michel descend à 9 heures 17, toujours accompagnée du même homme. Photo. (Cette fois-ci, c'est Levert qui opère.) Ils règlent leurs chambres, puis partent à pied le long du quai, elle a son grand sac en bandoulière à l'épaule, elle prend son bras, ils marchent vite, le temps est beau, froid, le Mont-Blanc très net au-dessus du lac.

À 9 heures 37, ils entrent dans l'immeuble de l'Occidentale des Banques suisses. En ressortent à 10 heures 25 avec deux valises. Photo. À peine cinq minutes de marche, ils entrent à la Banque commerciale de Genève à 10 heures 32. Photo. Attente. Puis ils en ressortent à 11 heures 40, sans valises, lui porte une serviette en cuir. Photo. Deux taxis les attendent. Les flics suivent celui de Françoise Michel, jusqu'à la gare de Cornavin, où elle prend le TGV pour Paris à 12 heures 15.

En sortant de la gare de Lyon, pendant que Noria la surveille dans la file d'attente des taxis, Levert téléphone à Macquart.

– Laissez tomber pour l'instant, on sait où la retrouver, et retour immédiat dans mon bureau, avec vos photos.

– Dépêchons-nous, Ghozali. On la laisse tomber, Macquart nous attend, pas même le temps de prendre un sandwich.

Dans le bureau de Macquart, Levert, Noria et les trois commissaires examinent les photos étalées devant eux. Celles prises par Noria, d'abord. Mal cadrées et plutôt floues. Il faudra apprendre, a simplement dit Macquart, laconique. Il y a les autres, celles de Levert, ce matin, dans la rue, devant les banques. Et celles-ci sont très nettes.

– Aucun doute possible, c'est Moricet. « Bien connu des services de police. »

– Ancien de la cellule de l'Élysée, et des services secrets.

– Mercenaire sécurité qui travaille pour les Saoudiens.

– On m'a dit qu'il était très lié aux Syriens.

– Oui, aussi. Il n'est pas regardant.

– Un tueur. Recherché pour meurtre dans plusieurs pays.

– Mais pas en France.

– De toute façon, une grosse pointure, conclut Macquart. Avec un homme comme ça dans le tableau, plus les valises très probablement bourrées de fric, et l'article dans la *Tribune*, il est totalement exclu qu'il s'agisse d'une petite arnaque dans le style des combines de Chardon.

Tout le monde se redresse. Macquart a l'air presque absent.

– On retombe sur le trafic d'armes. Ce n'est pas nécessairement une bonne nouvelle pour nous. Sur ce dossier, nous ne sommes pas les chefs de file.

*

Après avoir accompagné la compagne de sa nuit jusqu'aux archives départementales, Laurencin attaque la rue de Belfort, dans un quartier populaire, pas trop bouleversé. Au numéro 29, pas de traces de la famille Michel, bien sûr ; et aucun souvenir chez les habitants actuels. Laurencin entreprend de faire le tour des boutiques. Boulangerie-pâtisserie, fromagerie, boucherie, personne n'a vraiment connu la guerre. Avale un sandwich et une bière.

En bas de la rue, une quincaillerie. Laurencin pousse la porte, une sonnette désagréable comme une crécelle, une boutique tout en longueur, sombre, sans doute un atelier tout au fond, d'où sort un bruit de scie à métaux, et une odeur de fer brûlé. Des rayonnages sur les murs jusqu'au plafond, des comptoirs massifs garnis de tiroirs au milieu de la pièce, et de tout, partout. Des boîtes de clous, vis, boulons, joints, des clés, des outils, des robinets, des arrosoirs, des cocottes, des escabeaux, des bacs à fleurs. Accrochés au plafond, au milieu des balais, des plumeaux, des vrais, avec de la plume, et un bouquet de martinets. Laurencin a envie de tout toucher, l'impression de plonger dans une enfance de rêve, qu'il n'a jamais eue. Un vieux bonhomme vient vers lui, du fond de la boutique, tout sourire, en blouse grise, un béret sur la tête, et des chaussures de sécurité aux pieds. Laurencin cogne sa main droite au coin d'un comptoir, pour s'assurer qu'il ne rêve pas.

Échange de politesses, puis Laurencin :

– Je cherche la trace d'un certain Michel qui habitait au 29 de cette rue, pendant la guerre, et de sa fille Antoinette.

– Le nom ne me dit rien, mais vous savez, j'ai été prisonnier de guerre pendant cinq ans, et après, en 45, je suis parti en Australie...

Avec un coup d'œil circulaire :

– En Australie...

– Eh oui, j'ai été cow-boy pendant plusieurs années, puis je suis venu m'installer ici, avec ma femme qui est australienne. Ça vous surprend ?

– Ça me désespère, vous voulez dire. Si vous ne pouvez pas me renseigner sur Michel, qui pourra le faire dans le quartier ?

– Le docteur Méchin, au 35. Il a repris le cabinet de son père, il y a déjà longtemps, et il n'a jamais quitté la rue de Belfort. Si quelqu'un se souvient de votre Michel, c'est lui.

Laurencin remercie, remonte la rue, trouve le 35 et le cabinet du docteur Méchin. Beaucoup de monde dans la salle d'attente, petite discussion avec la secrétaire médicale. Le docteur ne peut pas se dégager avant la fin de l'après-midi. Disons vers sept heures, juste à côté, au Café de Belfort. Plusieurs heures à attendre. Laurencin retourne à la quincaillerie, discuter avec le vieux cow-boy.

*

À la DST, Macquart est bien accueilli par le commissaire Lanteri, très intéressé par les photos de Moricet, et le nom des banques visitées par Françoise Michel. Il lâche quelques informations, en échange. On a retrouvé sur Cecchi des papiers mettant en cause directement Bornand dans l'opération de vente de missiles à l'Iran, opération dans laquelle la SEA n'aurait été qu'un prête-nom. (Rapport avec les valises de billets? Possible, mais pas évident, ça reste à prouver.) Bornand, qui était présent au Perroquet Bleu au moment du meurtre, a été entendu dans ce bureau, ce matin même. Il est officiellement admis, pour l'instant, que ces papiers sont des faux avec lesquels Cecchi s'apprêtait à le faire chanter. L'informateur de Cecchi, un dénommé Beauchamp, responsable de la sécurité à la SEA, a été arrêté. C'est un ami de Chardon. Il serait peut-être impliqué dans l'assassinat de Cecchi.

– C'est un dossier très compliqué et potentiellement explosif, qui mouille beaucoup de monde. (Lanteri tapote la table du bout des doigts.) Sur lequel nous sommes seuls maîtres d'œuvre.

Macquart acquiesce et attend. Lanteri poursuit :

– Pour des raisons qui m'échappent, les RGPP sont sérieusement dans le collimateur de Bornand.

– J'ai lu l'article du *Bavard Impénitent*.

– Moi aussi. Mais ce n'est pas tout. Après son passage ici, Bornand est allé à l'Intérieur, où il fait jouer toute son influence pour remettre au goût du jour la vieille antienne de la dissolution des RG. (Nouveau temps d'arrêt.) Si le dossier des livraisons d'armes à l'Iran est bouclé, s'il retrouve complètement sa liberté de manœuvre, ça peut vous faire mal.

– Et il va la retrouver?

C'est bien parti pour. L'avion volatilisé, Flandin mort d'une crise cardiaque, Cecchi assassiné, Beauchamp, vous le connaissez? (Macquart hoche la tête.) Il est prêt à négocier n'importe quoi contre sa liberté et un nouveau départ dans la vie... Il a eu des liens avec Bornand, par le passé, et sans doute pas mal de cartes en main aujourd'hui. (Lanteri soupire.) Bornand appartient à la race des increvables. Toujours prêt à rebondir.

Macquart rentre aux RGPP, travail de bureau plutôt morose. Levert et Noria, dans un coin, rédigent leurs rapports et classent les photos. Toujours pas de nouvelles de Laurencin. Macquart prend un café au distributeur et mange deux chocolats. Il faut faire la peau à Bornand le plus vite possible, c'est lui ou nous. Qu'est-ce qui me reste en main? Fernandez, s'il est encore vivant, si je le trouve. Aléatoire. Et le nom des banques en Suisse. Compte tenu de la position de la DST pour l'instant, la seule façon de l'utiliser, c'est la lettre anonyme. Mais à qui l'envoyer? Pas au *Bavard.* Trop proche de Bornand, il ne publiera pas, ou pas tout de suite. Au juge qui instruit sur l'assassinat de Cecchi? Ça dépend de qui est en charge de cette affaire, et puis le procureur refusera l'extension de la saisine. Pas de rapport évident avec le meurtre de Cecchi. Et aucune autre enquête en cours. La Suisse? C'est peut-être une bonne idée, la Suisse...

*

Tous les deux autour d'une petite table ronde. Laurencin a pris un café, et le garçon a apporté au docteur une fillette de beaujolais sans lui demander son avis.

– Pourquoi vous intéressez-vous à la famille Michel?

Il les connaît. Applique-toi.

– Je suis historien. Je travaille sur la période de la guerre et de la Libération à Lyon. J'ai retrouvé des papiers personnels non signés sur cette période, et je n'arrive pas bien à les situer. Ils contiennent pas mal d'allusions à Michel et à sa fille Antoinette, je cherche à recouper...

Ça vaut ce que ça vaut, dans l'urgence...

– Elle est toujours en vie, Antoinette?

– Je n'en sais rien. Je n'ai pas vu d'acte de décès à son nom à Lyon, elle a pu partir ailleurs, à l'étranger, peut-être.

Laurencin regarde le toubib. Je tiens le bon bout. Il a envie de parler. Surtout, ne pas le brusquer. Il laisse s'installer un long silence, puis Méchin :

– C'est un souvenir douloureux pour moi. (Un temps d'arrêt.) Michel était une brute épaisse qui battait sa femme. D'après mon père, elle en est morte. Mais c'était pendant la guerre, il était dans la Milice, personne n'a cherché à savoir. Il battait aussi sa fille, Antoinette. Elle s'est retrouvée enceinte, elle était très jeune, je ne me souviens pas de la date...

– Sa fille est née en octobre 43.

– C'est possible. C'est mon père qui a annoncé la nouvelle à Michel, et qui a gardé la fille quelque temps à la maison, pour éviter qu'elle se fasse trop tabasser. Et puis, à la Libération, Michel a été descendu, dans son appartement, personne ne l'a pleuré, mais ça s'est fait devant sa fille, c'était pas joli, et ensuite elle a été tondue, et trimbalée dans toute la ville. (Il s'arrête.) C'est là que les souvenirs sont particulièrement douloureux. Mon père s'était occupé d'Antoinette, il connaissait le père de l'enfant, mais il n'avait pas été tellement résistant, il avait peur, et il n'a pas fait un geste pour la défendre, et moi non plus. Et on ne l'a plus jamais revue. Quarante ans après, je n'en suis toujours pas fier.

– Qui était le père? Il n'était pas là non plus?

– Un jeune milicien qui fréquentait Michel, du nom de Bornand. (Laurencin a du mal à ne pas broncher.) Il a disparu pendant la grossesse d'Antoinette, et on ne l'a jamais revu. Il a dû être tué par les uns ou par les autres. Vous savez, on mourait beaucoup dans ces années-là.

– Eh bien voilà. Mon problème est réglé. L'auteur de mes papiers, c'est ce Bornand.

*

Macquart reçoit le coup de téléphone de Laurencin à vingt heures. Françoise Michel est la fille de Bornand.

– Rentrez immmédiatement, Laurencin. (Un silence.) Et merci.

Noria et Levert ont levé le nez de leur travail. Macquart les regarde. Il sourit. Incroyable. Un large sourire jubilatoire, lèvres fermées, pas vraiment rassurant.

– Vous voyez, ce sont des moments d'extrême jouissance. Nous nous sommes trompés, pas complètement, mais très largement, et nous allons gagner quand même. Je ne connais rien qui se rapproche plus du bonheur.

Sonnerie du téléphone. Macquart décroche, Fernandez en ligne, lui dit le standard. Fernandez... décidément un bonheur n'arrive jamais seul.

– Vous le localisez ?

– C'est en route, commissaire.

– Bien. Passez-le-moi... Bonjour, Fernandez.

– Commissaire, je voudrais vous voir, pouvez-vous me recevoir ?

– Des ennuis, jeune homme ?

– Oui, commissaire, plutôt.

Émissaire de Bornand ? Je ne crois pas. Plus maintenant, quand Bornand croit avoir toutes les cartes en main, et pas après avoir disparu pendant quarante-huit heures. Mais moi, j'ai mieux à jouer. Je le garde comme joker. Au cas où... Lui, je le tiens serré, et il ne va pas tarder à s'en apercevoir.

– Je suis en pleine bourre, Fernandez. Venez me voir vendredi, ça ira ?

– Absolument. Et merci, commissaire.

Macquart raccroche. Le standard rappelle : Hôtel de la République, à Saint-Germain-en-Laye. Où il a pris une chambre depuis lundi dernier.

À Noria et Levert :

– Vous partez pour Saint-Germain. C'est près de Paris, et plutôt agréable. Vous allez trouver ce que Fernandez veut nous faire savoir, puisqu'il n'a apparemment pris aucune peine pour dissimuler l'origine de son appel. Et retour ici le plus tôt possible. Demain matin, c'est moi qui aurai le devoir et l'honneur d'informer le Président de la situation délicate dans laquelle se trouve son conseiller...

Jeudi 12 décembre

Aux RGPP, après le retour de Macquart de l'Élysée, la journée se passe dans une attente pesante. On a mis des yeux et des oreilles partout où c'était possible. Les rapports tombent régulièrement : il ne se passe rien. Bornand est chez lui, il ne bouge pas, ne téléphone pas, ne reçoit personne. Françoise Michel dîne avec une copine, le plus naturellement du monde, au drugstore des Champs-Élysées. Elles vont au cinéma, voir *L'Année du Dragon*. Macquart parie qu'elle n'est au courant de rien.

Fernandez est arrivé à l'Hôtel de la République, à Saint-Germain-en-Laye lundi soir, vers minuit. Il a garé sa voiture dans un parking payant, d'où elle n'a pas bougé depuis. Il se promène à pied en forêt, lit le journal, joue au tiercé et au baby-foot au bar-tabac PMU le plus proche, dîne à l'hôtel et boit du whisky dans sa chambre.

– En somme, il nous dit qu'il a quitté Paris depuis lundi soir. Mais il s'installe juste à côté d'une station de RER dont le trafic est suffisamment important pour qu'il n'ait aucune chance d'être identifié... On verra bien.

*

Bornand s'est enfermé dans son salon, enfoncé dans son canapé, il a fait dire à sa maîtresse qu'il n'était pas visible, a renvoyé Antoine, bouclé sa porte, débranché le téléphone, et entamé une bouteille de vodka. Le Président a refusé de le recevoir, et s'est félicité devant ses proches de n'avoir jamais invité Françoise Michel à l'Élysée. Le verdict est tombé, sans appel : pas ce genre de scandale dans les couloirs du palais. Il quitte immédiatement son bureau de l'Élysée, dont la porte lui est désormais fermée. Avec toutes ses archives à l'intérieur. (Il n'est pas le seul à connaître les mécanismes du pouvoir.) Il met fin immédiatement à cette liaison, et reprend ostensiblement la vie commune avec sa femme. Ensuite, on verra, dit le Président, en fonction des réactions de la presse et de l'opinion.

Large rasade de vodka. Ferme les yeux. Reprendre la vie commune avec sa femme. Demi-sourire. Il n'y a jamais eu de vie commune. Ils ont vécu dans la même maison tant que Thomas a été vivant, c'est tout ce que l'on peut dire. Et la femme de Bornand est partie s'installer à Saumur, le lendemain de l'enterrement. Il a mis plusieurs jours à s'apercevoir de son absence. Alors, reprendre la cohabitation, pourquoi pas ?

Fin de la bouteille de vodka. Brûlures d'estomac. Sentiment d'enfermement. Pestiféré, comme autrefois. Se revoit bouclé dans sa chambre, Thomas, son futur beau-père, arpente la pièce, parle fort, en frappant les meubles au hasard.

– Dans la Milice ! Imbécile... Qu'est-ce que tu cherches ? À jouer au martyr ?... Réveille-toi. On est en mars 1943. Les Allemands ont perdu Stalingrad, les Américains sont en Afrique du Nord, et les Japonais reculent dans le Pacifique. Tu n'es pas capable de comprendre tout seul qu'Hitler a perdu la guerre, Vichy et les miliciens avec ?

Lui suit Thomas des yeux et ne dit rien. Vichy, la patrie, construire l'Europe de demain, détruire le communisme, l'ennemi de la civilisation occidentale, il est le seul à y croire ?

– C'est fini ces gamineries. Tu pars à la campagne chez ma mère, et tu n'en bouges plus jusqu'à nouvel ordre. Tu te fais oublier. J'aurai déjà assez de mal à sauver mon entreprise après la guerre sans avoir en plus un milicien dans les pattes.

Il s'est soumis, c'est tout. Ni un rebelle, ni un héros. Comme aujourd'hui. La solitude est insupportable. Il va rentrer dans le rang, retourner chez sa femme, évidemment. Au moins pour un temps. Entame une nouvelle bouteille de vodka et s'endort.

Vendredi 13 décembre

Réveil pâteux. Le sang qui gicle de façon spasmodique dans la cabine téléphonique, des inconnus, visages collés contre la vitre, qui le regardent avec curiosité, dégoût ? Il est couvert de sang. Se lève, péniblement, prend une jolie boîte chinoise en laque sur la table derrière le canapé, et sniffe deux pincées de cocaïne. Se rallonge, et respire lentement, les yeux fermés.

Mort. Un homme d'une quarantaine d'années, l'air de Monsieur Tout-le-monde, instituteur à trois rues de chez Michel, et communiste avant la guerre. Qui aide le maquis, a dit Michel. Ils l'ont attendu à cinq, avec des matraques, sous un porche, au tournant d'une rue. En plein jour. Quand il a franchi la porte, ils lui ont sauté dessus. Bornand l'a touché à l'épaule, il est tombé sur les genoux, d'autres coups, il s'est penché en avant, Bornand a frappé la nuque offerte. Bruit de bois qui casse, le corps du communiste, étalé sur le sol, immobile. Encore quelques coups de pied, pour décharger la tension. Intense. Rien de comparable avec le meurtre abstrait de Flandin. Puis retour, complices et vainqueurs. Et enfermé dans sa chambre par Thomas. Fin de l'épisode.

Il a toujours flirté avec les tueurs. Flash sur Moricet marchant dans les rues de Beyrouth, son arme coincée dans sa ceinture, au creux des reins, sous sa veste bien coupée. Les tueurs élégants. Même Cecchi... Beaucoup de morts ces derniers temps. Karim... à peine un meurtre, plutôt une silhouette qui s'estompe. Flandin, Cecchi... Cecchi dont il revoit le cadavre, la moitié du visage emporté, sur le trottoir du Perroquet Bleu...

Sans doute un règlement de comptes entre truands. Même si j'appuie auprès de Mado l'idée d'un meurtre commandité par les RG. En tout cas, une mort qui tombe à pic pour me débarrasser d'un allié encombrant. En fait, il faut bien admettre qu'il avait fini par me tenir complètement à sa merci. Et cet assassinat, c'est une chance. Évidemment.

Il se redresse et s'assied sur le canapé, se passe la main dans les cheveux, lisse sa moustache. Le Président aussi a ses secrets de famille, et il y tient. Je suis l'homme qui sait. Il ne peut pas se passer de moi. Quelques jours à l'abri chez ma femme, et je reviendrai.

Se lève, s'étire, va dans la salle de bains. Douche glacée, une poignée d'amphétamines, pour tenir éveillé.

Qu'est-ce que je fais de Françoise? Quand elle est venue chez moi, la première fois, chantage et séduction, un véritable don du ciel, baisée et affichée avec jubilation. Et puis, l'inceste, c'est un mot. On s'habitue, on se lasse, comme du reste. Plus envie de baiser. Flash sur la furie blonde, l'autre jour. Elle m'échappe. Presque soulagé de la quitter, sans l'affronter. Quand tout sera calmé, je l'installerai dans ses meubles, avec une rente. Elle comprendra. Elle n'a pas le choix.

Prend sa Porsche, direction l'ouest de Paris par les quais.

Il est pris en charge par deux voitures des RG. Départ 5 heures 17. Conduite saccadée. 5 heures 30, pont de Sèvres, N118. On est bon, il y va. Brusque accélération, contact perdu. Hypothèse Saumur, nous prenons l'A10. Bornand retrouvé à la première station-service. Il a fait le plein. La voiture est garée devant la boutique. Bornand achète rasoirs, bombe à raser. Passe aux toilettes. S'enferme dans un box. Se fait vomir. Puis, devant les lavabos, torse nu, s'asperge, se lave le visage, se rince les dents, se rase, en se penchant vers le miroir, tendu, attentif, taille sa moustache au rasoir, et se peigne. Passe dans la boutique, mange un sandwich, boit trois cafés, avale deux pilules, et reprend l'autouroute. Il est 6 heures 15, il roule à vitesse modérée et constante, aucun problème pour maintenir le contact.

Au Mans, nouvel arrêt, il téléphone à sa femme pour lui annoncer son arrivée. Il est 7 heures 45.

*

Pour Macquart, c'est l'ouverture attendue.

– Ghozali, allez voir Françoise Michel. Elle connaît les affaires de Bornand, nous en avons eu la preuve à Genève. Débrouillez-vous pour lui faire dire tout ce qu'elle sait. De femme à femme... Je compte sur vous...

Il laisse la phrase en suspens.

*

En arrivant dans les environs de Saumur, Bornand se souvient vaguement d'être venu une fois, quand sa femme avait acheté le domaine, se perd, demande son chemin, traverse la ville de Saumur, suit le bord de la Loire, monte sur la falaise, emprunte un chemin de terre, au milieu de deux grands paddocks, où broutent quelques chevaux, et gare sa voiture dans une cour gravillonnée devant une gentilhommière du XVIIIe siècle en calcaire blanc, ardoises bleutées, à neuf heures moins dix. La porte d'entrée donne sur un hall qui traverse tout le bâtiment et ouvre par une porte-fenêtre sur la terrasse et le parc. Un homme, la quarantaine, pantalon brun de velours et gros chandail beige à col roulé, l'accueille.

– Mme Bornand est en train de terminer le tour des écuries.

Mme Bornand, il savait, bien sûr, qu'elle avait gardé son nom, mais l'entendre, aujourd'hui et dans cette maison...

– Je l'attendrai.

Il est introduit dans une sorte d'office, une petite pièce attenante à la cuisine, tout en calcaire blanc, pavée d'un damier de pierres blanches et d'ardoises, une haute cheminée étroite dans laquelle somnole un feu de bois, un fauteuil de cuir usagé devant le feu, une grande table de ferme en chêne et quelques chaises paillées. Dans un coin, près de la cheminée, un portemanteau auquel sont pendus de vieux imperméables, des chapeaux, des chaps de cuir, ça sent la terre mouillée et le cheval. Il s'approche de la porte-fenêtre. Devant lui, l'extrémité de la terrasse, puis une grande pelouse, très soignée, qui s'étend jusqu'aux écuries, en contrebas, au milieu des arbres. Il met une bûche dans la cheminée, tisonne le feu, puis revient vers la fenêtre. Juste en face de lui, une allée sablée remonte, toute droite, du fond du parc. Elle va venir à sa rencontre par ce chemin. Il se revoit debout dans le chœur de l'église Saint-Pierre-de-Chaillot, il a vingt-quatre ans, en habit, l'église est bondée, il y a sans doute des chants et des orgues, mais il n'entend rien. Il fixe le tapis rouge qui s'étend, tout droit devant lui, jusqu'au porche ouvert, et dans la tache de lumière, un couple monte vers lui. Thomas, la belle cinquantaine, très mince dans sa jaquette grise, sa fille au bras, en robe de mariée, avance lentement. Thomas le regarde, il ne regarde que lui, intensément, en souriant. Il s'arrête devant lui, lui met la main sur l'épaule, Bornand ferme les yeux. Quand il les rouvre, la fille maintenant est seule à ses côtés, le visage ombré par le voile de tulle blanc. À quoi ressemblait-elle ce jour-là? Impossible de s'en souvenir. Et aujourd'hui, à quoi va-t-elle ressembler? Une femme sans visage.

Il frissonne. Rien ne bouge dans le parc. Il revient vers le feu, s'enfonce dans le fauteuil, nuque appuyée, yeux mi-clos. Quelques images, la courbe émouvante d'un sein en poire très allongé, une toison pubienne exubérante et rêche, l'humidité d'une aisselle, et pas un visage. De la litanie de ses maîtresses, pas un seul visage ne surgit. Même celui de Françoise, toujours parasité par le fantôme de celui de sa mère adolescente, est brouillé, incertain. Les femmes n'ont été, dans ma vie, que les territoires sur lesquels j'ai croisé des hommes, des hommes avec qui j'ai fait la paix ou la guerre, des hommes que j'ai aimés ou combattus, ce qui est la même chose, pense-t-il, de façon à demi consciente.

Christine Bornand entre par la porte de la cuisine. Il sursaute, il a dû somnoler. Il la regarde avec curiosité. Pas très grande, un peu boulotte, vive, cheveux courts, châtains, bouclés, yeux marron, et joues rebondies, rosies par le froid. Elle a à peu près mon âge, et pas une ride. Il se lève, elle le dévisage plutôt froidement, puis commence à enlever son anorak, ses chaps de cuir. L'homme qui a introduit Bornand apporte de la cuisine un plateau, avec deux tasses de porcelaine, une grande cafetière, et une corbeille pleine de petites viennoiseries, le pose sur la table et s'en va. Christine Bornand s'assoit et lui fait signe d'en faire autant.

– Du café, ça te convient ? Alors, qu'est-ce qui me vaut ta visite ? J'ai calculé que cela fait vingt-deux ans que nous ne nous sommes pas vus, depuis la mort de mon père. Vingt-deux ans, exactement l'âge de la première poulinière que j'ai fait naître ici. Elle n'a pas pris cette année.

Elle attaque un pain au chocolat.

C'est bien difficile de trouver une approche, vodka et amphets, même s'il s'est préparé à la rencontre, il n'est pas au mieux de sa forme.

– Je suis dans une très sale passe. (Christine hésite, puis prend un deuxième pain au chocolat.) Je me suis laissé entraîner dans une affaire de vente d'armes avec l'Iran, plus ou moins légale, qui, pour l'instant, me coûte une fortune (mauvais, abrège, tu vois bien qu'elle s'en fout), mais qui risque surtout de me causer des ennuis avec la justice. Le temps que l'orage passe, il faut que je sois exemplaire. Or je ne le suis pas, et je ne l'ai jamais été. (Plonge, le plus vite sera le mieux.) La femme qui habite avec moi, ou, plus exactement l'appartement au-dessus du mien, est ma fille...

Christine renverse sa tasse de café sur son pantalon, se brûle, et grogne.

– ... Ça entretient toutes sortes de bruits, infondés, évidemment. Mais il faut que j'y mette fin. Je suis venu te demander de bien vouloir m'accueillir ici ou de m'accompagner à Paris, et habiter dans mon appartement pour quelques mois.

Sonnerie du téléphone. Christine se lève, passe dans l'entrée, décroche. Elle appelle :

– François, c'est pour toi... Tu as déjà donné mon numéro à ta secrétaire ?

Quand il prend le téléphone, la communication est coupée. Françoise, certainement. Qui d'autre ? Elle est déjà au courant ? Par qui ? Je réglerai ça en rentrant.

Christine s'est resservie du café, elle lui sourit.

– Cette fille, je ne veux pas en savoir un mot. Tu ne peux pas imaginer le plaisir que cela me fait de te voir dans la merde. Comment as-tu pu penser un seul instant que j'allais faire un geste pour t'aider ?

– Nous sommes toujours mariés...

– Nous n'avons jamais été mariés, François. Tu ne m'as pas épousée, tu t'es fait adopter par mon père, c'est très différent.

Agacé :

– Je voulais dire, nous sommes toujours légalement mariés. Et sous le régime de la communauté. Ton père y tenait. Ce qui signifie que ce domaine, par exemple, est autant à moi qu'à toi. Ce qui signifie que nous avons intérêt à trouver un terrain d'entente et à nous apporter un soutien mutuel.

Le ton est assuré, franchement menaçant. Christine passe mécaniquement la main sur son pantalon taché de café. Elle reste silencieuse un long moment, le regard sur le feu. Puis elle se lève :

– Attends-moi ici. Je vais me changer.

La porte fermée, Bornand va s'asseoir dans le vieux fauteuil, se laisse aller, le corps affaissé, les yeux clos. Est-il possible que j'aie gagné, une fois encore ? Dans une sorte d'indifférence anesthésiée.

*

Noria sonne au rez-de-chaussée de l'appartement de Bornand. Un homme vient lui ouvrir.

– Police. Je voudrais parler à Françoise Michel.

Il l'introduit dans le salon, assez fraîchement, sans proposer de lui prendre son manteau, et la laisse là, sans un mot.

Noria tourne dans la pièce, la main sur son porte-cartes. Elle se sent si fondamentalement étrangère aux scènes de la vie vénitienne que ça lui donne envie de rire. À l'instinct : accentuer le décalage, la laisser s'installer dans un sentiment de supériorité et de sécurité. Revoit Bornand, à la porte du cimetière, qui immobilise Françoise Michel d'un geste, violent, accepté. Je suis la plus forte.

Elle entre, habillée d'un pull-over irlandais blanc à grosses torsades. Il faut être vraiment mince pour porter ça. Noria la regarde avec curiosité. Elle a de la classe. Pas moi.

– Vous êtes de la police, m'a dit Antoine...

– Enquêtrice Ghozali, Renseignements généraux, Paris.

Noria présente sa carte.

– Que me voulez-vous ?

– Je suis chargée de vous donner quelques informations sur une enquête en cours qui vous concerne directement.

Françoise Michel reste ostensiblement debout, adossée à la cheminée.

– Je vous écoute, rapidement, s'il vous plaît.

Noria s'appuie sur le dos du canapé, comme pour se donner une contenance, semble hésiter, puis se décider, brutalement :

– Le Président a été informé hier que vous étiez la fille de Bornand.

Françoise Michel a un haut-le-corps. Bon point, je passe la première, Macquart avait raison.

– En quoi mes relations avec Bornand vous regardent-elles ?

– Moi, personnellement, cela ne me concerne absolument pas. Mais apparemment, le Président n'est pas du même avis.
– Qu'est-ce qu'il sait de notre vie privée? Rien. Et il n'a rien à y voir. Nous ne sommes pas mariés, que je sache.
– Ce n'est pas du tout son avis. Il considère qu'un scandale dans son entourage ferait très mauvais effet, à la veille des élections de mars 86, dans un pays, vous savez, de tradition encore assez catholique, et où l'inceste est plutôt mal vu.
– Qui vous dit que nous couchons ensemble?
– Personne. Et je vous répète que ça m'est égal. Mais Bornand n'a pas réagi comme vous. (Elle flotte. Appuie.) Le Président a exigé qu'il retourne vivre avec sa femme. Et il a accepté.
– Je n'en crois pas un mot.
Touchée. Elle est à ma portée.
– Comme vous voulez. Il est arrivé ce matin à neuf heures moins dix chez sa femme, à Saumur. Et il y est encore.
Choc. Elle hésite, en regardant Noria intensément. Puis elle se décide, se dirige vers le téléphone posé sur une table basse, cherche un numéro dans un répertoire, le compose.
– Allô... Pourrais-je parler à M. François Bornand, s'il vous plaît...
– Un instant... (Une voix de femme, ironique, et à quelque distance de l'appareil.) François, c'est pour toi. Tu as déjà donné mon numéro à ta secrétaire?
Elle raccroche, livide, débranche le téléphone et vient s'asseoir sur le canapé. S'appliquer, elle est à moi. Noria enlève son manteau, le dépose sur le banc en bois. Puis elle s'installe dans un des fauteuils. L'autre ne parvient pas à protester.
– Qu'est-ce que vous me voulez? Vous n'avez pas fait le déplacement pour m'annoncer que j'étais plaquée?
– Non, effectivement...
Noria sort de la poche arrière de son pantalon un jeu de photos en noir et blanc, et les pose sur la table basse. Fran-

çoise Michel et Moricet, très reconnaissables, à Genève, dans l'entrée du Hilton, dans la rue, devant les banques... Elle les éparpille de la main, les contemple. Je jurerais qu'elle a peur.

– ... Je crains que vous ne sachiez pas qui est l'homme à vos côtés...

Françoise Michel perd un instant le fil. Une nuit décevante, passé le premier frisson. Comme souvent. Une virilité à la hussarde... Reporte son attention sur Noria, qui continue :

– ... Moricet, un mercenaire français basé au Liban, et recherché par plusieurs polices étrangères pour meurtres. C'est vous qui lui remettez des fonds, est-ce que vous réalisez ce que ça veut dire ? Des fonds que nous pouvons retrouver facilement, puisque nous avons le jour du dépôt, et le nom de la banque. Des fonds dont nous supposons qu'ils sont d'origine frauduleuse, trafic d'armes, corruption, et assassinats. Vous êtes complice.

Françoise Michel, enfoncée dans le canapé, ne dit rien, elle regarde cette fille qui a l'air si jeune, allure quelconque, visage quelconque, et d'un coup, une telle force... J'ai bien peur de ne pas être de taille. Elle prend les photos en main, les passe lentement en revue, histoire de reprendre souffle.

– C'est vous qui m'avez suivie à Genève ?

– Oui. (Agressive :) Je vous ai vue vous faire emballer par un inconnu.

Françoise Michel, choquée, se lève :

– Je vous remercie de toutes ces informations, dont je vais tenter de faire un bon usage. Je vous raccompagne.

Noria ne bouge pas.

– Vous n'avez pas intérêt à jouer ce jeu-là, vous n'avez pas encore compris ce que vous risquez. Je vais vous le dire. Vous risquez très gros. Complice d'un assassin, complice d'abus de biens sociaux et de blanchiment d'argent sale. Ce n'est pas tout. Vous allez être épinglée par la presse comme séductrice perverse, et vous n'allez pas tarder non plus à être accusée d'avoir fait chanter ce pauvre Bornand, avec tout cet argent que vous versez régulièrement à votre mère. Vous feriez mieux d'écouter ce que j'ai à vous dire.

Françoise Michel se rassoit. Cernée. Après un silence :

– Je vous écoute.

– Bornand vous a larguée, et c'est un homme fini. Il faut partir de là. Occupez-vous de vous et de votre mère, et sauvez ce qui peut encore l'être.

– C'est-à-dire ?

– Coopérez avec la police. Nous voulons connaître les relations d'affaires de Bornand, ses comptes en banque, ses amis et ses manies. Et nous pensons que vous pouvez nous aider. Tout cela, nous finirons par le savoir, avec ou sans vous, mais ça nous prendra du temps, et pour faire vite, nous avons besoin de vous.

– Et ?

– Et vous restez en liberté, nous atténuons votre complicité, nous protégeons autant que possible votre vie privée. Ce n'est déjà pas mal. Cela signifie que vous gardez une chance d'en sortir sans être complètement brisée et ruinée.

– Vous me demandez de trahir Bornand ?

Noria se penche en avant, au bord des lèvres les mots pour dire les coups, les gémissements de sa mère, effondrée dans la cuisine familiale, le père assommé, la fraction de seconde dans le vide, désertion et délivrance. Et soudain chaleureuse :

– Madame, la liberté pour les femmes, ça commence souvent par une trahison. Croyez-moi, je sais de quoi je parle.

– Vous êtes étonnamment sincère pour un flic.

Elle va basculer. Laisse-lui le temps. Noria se lève, se tourne vers la cheminée, et contemple la déesse aux serpents.

Françoise Michel se renverse dans le canapé, les yeux fermés. Envie de vomir. Plaquée, comme ça. Il prend sa Porsche, et il se tire. Pas un mot, et il retourne chez sa femme. Plaquée après vingt ans de soumission et de dépendance. « Ton désir n'a pas beaucoup d'importance. » Plaquée, comme sa mère, en pleine guerre, enceinte. Et revient en force la boule de rage qui se forme dans le bas-ventre, monte à la gorge, la fureur, la haine, les coups, Martenot à terre, qui ne se défend pas. Je suis cette femme aussi, même si j'essaie de l'oublier. Elle regarde le dos de Noria, toujours penchée vers la déesse aux serpents. Et à cet instant précis, je hais Bornand. La liberté commence par une trahison. Elle se redresse.

– Les hommes sont toujours surprenants, vous ne trouvez pas ? (Noria se retourne.) Et imprudents. Je suis prête à vous dire ce que je sais.

– Pas ici. Je vous accompagne dans un bureau plus officiel.

Dans la rue, Levert attend au volant d'une voiture des RG. Françoise Michel s'installe à l'arrière, et Noria à l'avant. Le silence est dense. Levert se concentre sur la conduite de la voiture, Françoise Michel, en pièces et morceaux, rumine ses haines et ses malheurs, Noria regarde par la portière la ville qui défile, pas de piétons, la circulation est fluide, les quais rive gauche vers le centre, traversée de la Seine à la hauteur des Invalides. Lumière grise. La note plus sombre de la verrière du Grand Palais, la Seine, vaguement luminescente, pas de vent, à peine du clapot au passage d'une péniche.

C'est gagné.

Quand on prend le temps de la regarder, cette ville est fabuleusement apaisante. Flash : Macquart, je ne connais rien qui se rapproche plus du bonheur.

*

La porte s'ouvre, Bornand se retourne. Juste le temps de se dire : un très élégant tailleur-pantalon, bleu marine strié de blanc, sans doute Saint Laurent, ça va bien aux femmes même boulottes. Elle tient un fusil de chasse à la hanche, calibre 12, canons superposés, cartouches de chevrotines attachées par un fil de tungstène, elle tire deux fois, coup sur coup, au niveau de la poitrine, le cœur éclate, l'homme est presque coupé en deux, la mort est instantanée. Elle contemple la flaque de sang qui s'élargit sur le dallage noir et blanc. La pierre de la région est poreuse. Il faudra poncer pour faire disparaître la trace, peut-être même changer plusieurs dalles. Le mur d'en face aussi est maculé. Soupir. Pose le fusil chaud sur la table, à côté des tasses de café. L'odeur de poudre brûlée est plus forte que celle des chevaux, plus forte que celle du sang. Puis se dirige vers le téléphone, dans l'entrée, et appelle la gendarmerie.

– Bonjour, lieutenant. Mme Bornand à l'appareil.

– Bonjour, madame. Vous avez encore un de vos chevaux qui s'est échappé ?

– Non, lieutenant. Il faudrait que vous veniez au haras. Je viens de tuer mon mari.

*

Fernandez attend dans un petit bureau aveugle, un réduit à vrai dire, plus qu'un bureau. Deux chaises, une table, un lampadaire. Une porte capitonnée. Les bruits de la maison filtrent à peine. Une cellule d'interrogatoire. Mise en condition. Il repasse inlassablement ce qu'il va dire et ne pas dire. Oui, Katryn. Si Cecchi l'a su, Macquart peut le savoir. Un regrettable accident. Rien sur Chardon, puisque personne ne le soupçonne. Oui, tout ce qu'il sait de Bornand, y compris la mort de Flandin. Rien sur la mort de Cecchi, il a un alibi.

Déjà deux heures d'attente. Macquart entre, pose un transistor sur la table, s'assied. Une sorte de jubilation intérieure, lèvres serrées. Ne l'a jamais vu comme ça. Il fait peur. Fernandez se racle la gorge.

– Je viens vous demander d'être réaffecté dans mon service d'origine.

Macquart le regarde, presque souriant.
– La vie des flics corrompus est un enfer, à ce qu'il paraît ?
Fernandez ne réagit pas. Macquart reprend :
– Il y a un droit d'entrée.
– Je suis prêt à payer.
– Je vais jouer cartes sur table avec toi. Je sais beaucoup de choses. Je te laisse parler. Si tu me dis ce que je veux entendre, je fais mon possible pour te reprendre. Sinon, je te fais inculper. J'ai de quoi le faire. Ça marche ?
– Ça marche.
– Allons-y.
Fernandez commence à parler. L'accident de l'avion, Chardon et le dossier sur les ventes d'armes à l'Iran...
– Comment Bornand l'a-t-il eu ?
– Par Bestégui, du *Bavard Impénitent*... Katryn comme source possible... Sa mort, ma faute, un dérapage, Bornand l'ignore... Après ça, Bornand prend contact avec Beauchamp pour qu'il surveille Flandin... Il étouffe le dossier... qui ressort lundi, je ne sais pas comment, et supprime Flandin, devant mes yeux, chez Laurent. Je ne sais toujours pas comment. Sans doute avec l'aide de Beauchamp. Je n'ai rien vu.
– Ça n'est pas très difficile d'assassiner proprement quelqu'un quand on sait qu'il n'y aura ni autopsie ni enquête policière...
– Oui, mais Bornand en assassin, ça devenait trop lourd pour moi, j'ai paniqué, je me suis planqué le soir même dans un hôtel à Saint-Germain-en-Laye, où j'avais quelques bons souvenirs, il y en a, et d'où je vous ai téléphoné. Et j'y suis resté jusqu'à aujourd'hui. C'est tout, il me semble.
Macquart se penche vers lui .
– C'est tout ?
– Il me semble.
– Cecchi a été assassiné il y a quarante-huit heures.
– Je sais, je l'ai entendu à la télévision.
– La Criminelle a trouvé dans la poche intérieure de sa veste un document manuscrit décrivant tout le montage

financier de la vente de missiles à l'Iran. La SEA n'est qu'un paravent dans l'affaire, elle apparaît pour acheter les missiles à la Direction ministérielle à l'armement, et reverser les commissions. Mais la mise de fonds de départ, cinq millions de francs, et le dépôt de garantie de trois millions cinq ont été versés par la SAPA à la BIL, la banque libanaise de Bornand qui couvre toute l'opération. Et c'est la SAPA qui doit recevoir l'essentiel des bénéfices escomptés, soit à peu près trente millions de francs. Si on déduit 20 % pour les commissions, ça fait encore un joli bénéfice de plus de vingt millions. Or la SAPA n'appartient qu'à un seul homme, et c'est Bornand. Tu le savais ?

– Non. (Après un temps :) Bornand parle toujours des intérêts de la France en Iran, et jamais des siens.

– Parce que tu le crois capable de faire la différence ? Et ça ne date pas d'hier.

Macquart s'arrête, regarde Fernandez qui n'a pas besoin de se forcer pour avoir l'air perdu. Il le laisse respirer un coup et reprend :

– Évidemment, un conseiller du Président qui spécule à titre privé sur le trafic clandestin d'armes avec l'Iran, et qui empoche de telles sommes, ça fait désordre. (Agressif :) Tu t'es pris pour un malin, et tu n'étais qu'un naïf au pays des requins. Et leur larbin. (Un temps.) Je continue. Cecchi avait l'intention de faire chanter Bornand. Il a rencontré le journaliste de *La Tribune de Lille* et a fait ressortir le dossier Chardon lundi dernier, comme coup de semonce. Et il avait rendez-vous au Perroquet Bleu avec Bornand pour lui mettre un marché en main. Lequel ?

– Peut-être la réouverture du Cercle de jeu du bois de Boulogne. Il y tenait beaucoup, et Bornand ne voulait pas s'en occuper.

– Cecchi s'est procuré le « dossier Chardon » à la rédaction de *Combat Présent*. C'est Tardivel qui le lui a donné. (Fernandez revoit la tête de Tardivel qui part à la renverse, les lunettes qui volent, le regard perdu. Avec Cecchi, ça a dû être pire.) Reste à savoir comment il a eu les informations qu'il portait sur lui au moment de sa mort et qui n'étaient apparemment pas dans le « dossier Chardon ». Tu as une idée ?

– Non. (Débordé, débordé depuis le début, à courir en tous sens, sans jamais rien tenir.) Tout ça m'a échappé.

– Il y a deux hommes qui connaissaient la totalité du montage. Flandin, qui n'avait aucun intérêt à ce que le scandale éclate, et qui est mort, et son chef de la sécurité, Beauchamp. Beauchamp, une relation d'affaires de Chardon, il l'avait côtoyé en Afrique dans les années soixante-dix, et ils trafiquaient ensemble occasionnellement un peu d'héroïne libanaise depuis cette époque. Beauchamp qui a rencontré Cecchi chez Mado le week-end dernier. Et qui était encore avec lui pour rencontrer Bornand au Perroquet Bleu. Pour l'instant, on n'en sait pas plus, mais on cherche. Les expertises sont en cours sur les papiers trouvés sur Cecchi. Beauchamp a été arrêté. C'est lui le pivot de l'affaire, c'est sûr. Pour qui a-t-il travaillé ? Un marchand d'armes concurrent ? Les Américains ? Le RPR qui voulait à toute force éviter la libération des otages avant les élections ? Tous ceux-là ensemble ? On finira peut-être par le savoir. Par contre, il ne faut pas compter sur une autopsie de Flandin. Mais ça n'a plus guère d'importance.

Fernandez a le vertige. Macquart jubile.

– Que tu sois passé à côté de tout ça ne me dérange pas. Mais que tu ne m'aies pas parlé de Chardon, ça, c'est grave. On t'a vu l'embarquer dans la voiture de Katryn le jour du meurtre. Fernandez, ce trou de mémoire, c'est la petite finasserie de trop. Je t'avais prévenu, il n'y aura pas de session de rattrapage.

Fernandez est prostré. Macquart regarde sa montre, 17 heures, l'heure des infos. Allume le transistor. Flash d'actualités sur France Info.

« Nous venons d'apprendre par le service de presse de l'Élysée la mort de François Bornand, un des conseillers et amis les plus proches du Président. Il a été victime d'un accident de chasse, au domicile de son épouse, dans la région de Saumur. Il nettoyait son fusil de chasse sans s'être assuré qu'il était déchargé lorsque le coup est parti, le tuant net. Le Président a immédiatement présenté ses condoléances à sa veuve. Les funérailles auront lieu demain, à Saumur, dans la plus stricte intimité. »

Macquart éteint la radio.

– Tu avais fait le bon choix en venant me voir, dommage que tu ne sois pas allé au bout de ton idée.

Puis un mince sourire d'une totale ambiguïté aux lèvres :

– Force reste à la loi. À quelques détails près.

Dans la même collection

Cesare Battisti, *Terres brûlées* (anthologie sous la direction de)
William Bayer, *Labyrinthe de miroirs*
William Bayer, *Tarot*
Marc Behm, *À côté de la plaque*
Marc Behm, *Et ne cherche pas à savoir*
Marc Behm, *Crabe*
Marc Behm, *Tout un roman!*
James Carlos Blake, *Les Amis de Pancho Villa*
James Carlos Blake, *L'Homme aux pistolets*
Edward Bunker, *Aucune bête aussi féroce*
Edward Bunker, *La Bête contre les murs*
Edward Bunker, *La Bête au ventre*
Edward Bunker, *Les Hommes de proie*
James Lee Burke, *Prisonniers du ciel*
James Lee Burke, *Black Cherry Blues*
James Lee Burke, *Une saison pour la peur*
James Lee Burke, *Une tache sur l'éternité*
James Lee Burke, *Dans la brume électrique avec les morts confédérés*
James Lee Burke, *Dixie City*
James Lee Burke, *La Pluie de néon*
James Lee Burke, *Le Brasier de l'ange*
James Lee Burke, *Cadillac Juke-Box*
James Lee Burke, *La Rose du Cimarron*
Daniel Chavarría, *Un thé en Amazonie*
Daniel Chavarría, *L'Œil de Cybèle*
George C. Chesbro, *Bone*
George C. Chesbro, *Les Bêtes du Walhalla*
Robin Cook, *Cauchemar dans la rue*
Robin Cook, *J'étais Dora Suarez*
Robin Cook, *Le Mort à vif*
Robin Cook, *Quand se lève le brouillard rouge*
Tim Dorsey, *Florida Roadkill*
Wessel Ebersohn, *Le Cercle fermé*
James Ellroy, *Le Dahlia noir*
James Ellroy, *Clandestin*

James Ellroy, *Le Grand Nulle Part*
James Ellroy, *Un tueur sur la route*
James Ellroy, *L. A. Confidential*
James Ellroy, *White Jazz*
James Ellroy, *Dick Contino's Blues*
James Ellroy, *American Tabloid*
James Ellroy, *Crimes en série*
James Ellroy, *American Death Trip*
Barry Gifford, *Sailor et Lula*
Barry Gifford, *Perdita Durango*
Barry Gifford, *Jour de chance pour Sailor*
Barry Gifford, *Rude journée pour l'Homme-Léopard*
Barry Gifford, *La Légende de Marble Lesson*
Barry Gifford, *Baby Cat Face*
James Grady, *Le Fleuve des ténèbres*
James Grady, *Tonnerre*
James Grady, *Comme une flamme blanche*
Vicki Hendricks, *Miami Purity*
Tony Hillerman, *Le Voleur de temps*
Tony Hillerman, *Porteurs-de-peau*
Tony Hillerman, *Dieu-qui-parle*
Tony Hillerman, *Coyote attend*
Tony Hillerman, *Les Clowns sacrés*
Tony Hillerman, *Moon*
Tony Hillerman, *Un homme est tombé*
Tony Hillerman, *Le Premier Aigle*
Tony Hillerman, *Blaireau se cache*
Craig Holden, *Les Quatre Coins de la nuit*
Thomas Kelly, *Le Ventre de New York*
William Kotzwinkle, *Midnight Examiner*
William Kotzwinkle, *Le Jeu des Trente*
Terrill Lankford, *Shooters*
Michael Larsen, *Incertitude*
Michael Larsen, *Le Serpent de Sydney*
Dennis Lehane, *Un dernier verre avant la guerre*
Dennis Lehane, *Ténèbres, prenez-moi la main*
Dennis Lehane, *Sacré*
Elmore Leonard, *ZigZag Movie*
Elmore Leonard, *Maximum Bob*

Elmore Leonard, *Punch créole*
Elmore Leonard, *Pronto*
Elmore Leonard, *Beyrouth-Miami*
Elmore Leonard, *Loin des yeux*
Elmore Leonard, *Viva Cuba libre!*
Bob Leuci, *Odessa Beach*
Bob Leuci, *L'Indic*
Jean-Patrick Manchette, *La Princesse du sang*
Dominique Manotti, *À nos chevaux!*
Dominique Manotti, *Kop*
Dominique Manotti, *Nos fantastiques années fric*
Tobie Nathan, *Saraka bô*
Tobie Nathan, *Dieu-Dope*
Jim Nisbet, *Prélude à un cri*
Jack O'Connell, *B.P. 9*
Jack O'Connell, *La Mort sur les ondes*
Jack O'Connell, *Porno Palace*
Jack O'Connell, *Et le verbe s'est fait chair*
Hugues Pagan, *Tarif de groupe*
Hugues Pagan, *Dernière station avant l'autoroute*
Andrea Pinketts, *La Madone assassine*
Michel Quint, *Le Bélier noir*
John Ridley, *Ici commence l'enfer*
Édouard Rimbaud, *Les Pourvoyeurs*
Pierre Siniac, *Ferdinaud Céline*
Les Standiford, *Johnny Deal*
Les Standiford, *Johnny Deal dans la tourmente*
Richard Stark, *Comeback*
Richard Stark, *Backflash*
Richard Stratton, *L'Idole des camés*
Paco Ignacio Taibo II, *À quatre mains*
Paco Ignacio Taibo II, *La Bicyclette de Léonard*
Ross Thomas, *Les Faisans des îles*
Ross Thomas, *La Quatrième Durango*
Ross Thomas, *Crépuscule chez Mac*
Ross Thomas, *Voodoo, Ltd*
Jack Trolley, *Ballet d'ombres à Balboa*
Andrew Vachss, *Le Mal dans le sang*
Y. S. Wayne, *Objectif Li Peng*

John Wessel, *Le Point limite*
Donald Westlake, *Aztèques dansants*
Donald Westlake, *Faites-moi confiance*
Donald Westlake, *Histoire d'os*
Donald Westlake, *361*
Donald Westlake, *Moi, mentir?*
Donald Westlake, *Le Couperet*
Donald Westlake, *Smoke*
Donald Westlake, *Le Contrat*
Donald Westlake, *Au pire, qu'est-ce qu'on risque?*
J. Van de Wetering, *Retour au Maine*
J. Van de Wetering, *L'Ange au regard vide*
J. Van de Wetering, *Le Perroquet perfide*
Charles Willeford, *Miami Blues*
Charles Willeford, *Une seconde chance pour les morts*
Charles Willeford, *Dérapages*
Charles Willeford, *Ainsi va la mort*
Charles Willeford, *L'Île flottante infestée de requins*
Daniel Woodrell, *Sous la lumière cruelle*
Daniel Woodrell, *Chevauchée avec le diable*

Imprimé par la Société Nouvelle Firmin-Didot
Mesnil-sur-l'Estrée
pour le compte des éditions Payot/Rivages

Dépôt légal : septembre 2001
N° d'impression : 55889